星界的纹章 Ⅲ

星界の紋章 異郷への帰還

回归异乡

[日] 森冈浩之 ——— 著　果露怡 ——— 译

新星出版社　NEW STAR PRESS

CREST OF THE STARS 3 © 1996 Hiroyuki Morioka
This book is published by arrangement with Hayakawa Publishing Corporation through Bardon-Chinese Creative Agency Ltd.
CREST OF THE STARS 3 edition copyright:
2022 Chengdu Eight Light Minutes Culture Communication Co., Ltd.
All rights reserved.
著作版权合同登记号： 01-2022-2016

图书在版编目（CIP）数据

星界的纹章. Ⅲ，回归异乡 /（日）森冈浩之著；果露怡译. —— 北京：新星出版社，2022.8
ISBN 978-7-5133-4934-5

Ⅰ. ①星… Ⅱ. ①森… ②果… Ⅲ. ①幻想小说－日本－现代 Ⅳ. ①I313.45

中国版本图书馆CIP数据核字(2022)第078074号

光分科幻文库

星界的纹章Ⅲ：回归异乡

[日] 森冈浩之 著；果露怡 译

责任编辑： 杨　猛
监　　制： 黄　艳
特约编辑： 罗超群　姚　雪
责任印制： 李珊珊

出版发行： 新星出版社
出 版 人： 马汝军
社　　址： 北京市西城区车公庄大街丙3号楼　100044
网　　址： www.newstarpress.com
电　　话： 010-88310888
传　　真： 010-65270449
法律顾问： 北京市岳成律师事务所

读者服务： 010-88310811　service@newstarpress.com
邮购地址： 北京市西城区车公庄大街丙3号楼　100044

印　　刷： 北京天恒嘉业印刷有限公司
开　　本： 780mm×1092mm　　1/32
印　　张： 9
字　　数： 164千字
版　　次： 2022年8月第一版　　2022年8月第一次印刷
书　　号： ISBN 978-7-5133-4934-5
定　　价： 48.00元

版权专有，侵权必究；如有质量问题，请与印刷厂联系更换。

群星啊——

且听汝短命眷属之愿。

吾等唯愿,

伴汝垂暮。

　　　　　　　——摘自亚维人类帝国国歌某小结

《星界的纹章 Ⅱ》前情提要

拉斐尔与杰特成功逃出了费布达修男爵领地,然而,敌军"人类统合体"的舰队已经先行抵达史法格诺夫侯国。二人乘坐联络艇回到普通宇宙后,才发现侯国已被占领。拉斐尔躲过敌军耳目,将飞船迫降至克拉斯比鲁行星。可是,地上世界让公主无所适从。杰特为了保护她,将她乔装成行星居民。他们设法躲过敌军搜捕,等待帝国舰队回归。二人顺利潜入迫降地附近的卢努·比加市后,又逃到古佐纽市,不料,自称反帝国战线的可疑活动家却找上门来……

出场人物

杰特——马汀行星政府主席之子

拉斐尔——亚维帝国星界军翔士修技生,皇帝的孙女

恩特琉亚——卢努·比加市警局犯罪搜查部警部

凯特——"人类统合体"维持和平军宪兵大尉

玛尔卡——克拉斯比鲁反帝国战线成员

敏——克拉斯比鲁反帝国战线成员

比尔——克拉斯比鲁反帝国战线成员

达斯瓦尼——克拉斯比鲁反帝国战线成员

送葬人——克拉斯比鲁反帝国战线成员

特莱夫提督——亚维帝国派遣舰队司令长官

斯波尔准提督——亚维帝国侦察分舰队司令官

目 录

搜　查	*1*
出　逃	*21*
史法格诺夫门会战	*31*
帝国的战场	*63*
狂乱的淑女	*79*
大追踪	*97*
幻想乐园的马	*125*
胜利之舞	*141*
升天的麻烦	*163*
回归异乡	*191*
帝都拉克法卡尔	*203*
帝国的女儿	*227*
终　章	*245*
附录：亚维语形成概略	*261*
后记	*265*
译后记	*271*

星界的纹章Ⅲ

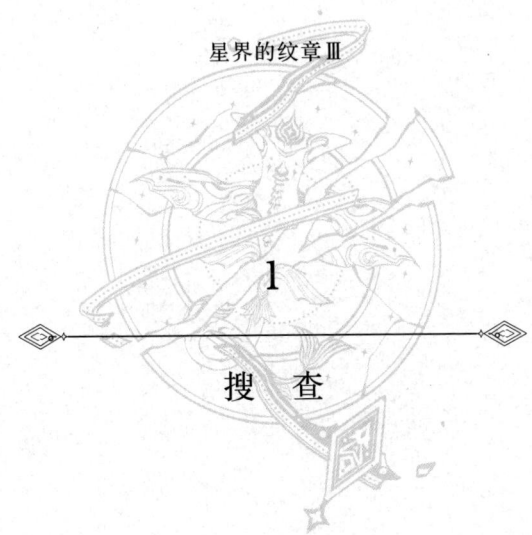

1

搜 查

卢努·比加市警局犯罪搜查部警部恩特琉亚·雷的心情依然差到极点。

不过，这倒是个好机会来思考"极点"的定义——恩特琉亚自我安慰道。当他以为已经到达谷底，却发现还能往下跌。

而现在，很可能再创新低。

"还剩三家吗？我估计他们应该不在旅馆。"恩特琉亚警部嘀咕道。

"那我们怎么办？"凯特宪兵大尉问道。

恩特琉亚耸耸肩，"就像你说的，挨家挨户查个遍吧。不过……我真是提不起劲。"

"这可不是有劲没劲的问题。"凯特责备道。

"是啊。"恩特琉亚含糊其词。说实话，他并不认为这是自己分内的工作。亚维确实犯了法，而且抢劫悬浮车绝不是轻罪。不过，是否严重到非得这样兴师动众不可——答案必然是否定的。

也不知是什么原因，几乎整个卢努·比加市警局的犯罪搜查部都在古佐纽市开展工作。除此之外，还有半数普通警察和全部鉴定官。卢努·比加市警局动用了全部警力，只为抓一个偷车贼。

现在，恩特琉亚手下有十四个小组。其中，四组负责监视机场，两组为机动部队，剩下八组都被派去排查住宿设施。

他严令手下绝不能听信负责人或者经理的说辞，必须一间客房一间客房地检查。拿不出搜查令也无所谓，占领军——无论被纠正多少次，恩特琉亚也没法拿他们当解救军——会负全责。

如果条件允许，他们还想在路上设卡，但实在调不出人手。不管怎样，占领军已经在盘查，听说还把人放跑了一回。不过，那帮家伙又被钻空子也没什么，反正不是恩特琉亚的错。

指挥车后座的显示屏上，显示着古佐纽市超过四十家收费旅馆的店名。除了最后三处，其他的全都成了红色，意思是已经"调查完毕"。

旅馆清单旁边是另一份清单，罗列着搜查中发现的可疑人员。如果不能证明旅馆登记簿上的是本人真名，名字就会上这份清单。现在记录了大概二十个名字。

克拉斯比鲁的居民只要拿出钱包就能自证身份，会上清单的基本是因为用了假名。

使用假名大都是鸡毛蒜皮的理由：要么是家庭问题，要么是不受祝福的恋情。无论如何也用不着警察插手。

其中，只有一名男子因持有失窃的钱包被捕。警察从他身上搜出了整整二十个不属于其本人的钱包。到目前为止，这是一连串搜查行动唯一的收获。

然而，他们并未发现疑似亚维的房客。

"警部,"指挥车配属的巡查部长戴着通话器,向恩特琉亚报告,"康多林小组已经完成指定的搜查任务,现请求下一步指示。"

恩特琉亚思索起来:剩下三处待查地点已经派了搜查组,要让他们去增援吗?算了,那样只会让现场乱成一团。

"叫他们回来,"恩特琉亚说道,"加入机动部队。先待命,等下一步的指示。"

"明白。"巡查部长立即传达起恩特琉亚的指示。

"有没有市民可能藏匿亚维?"凯特焦心地问道。

"直接去你们的民主主义学校里找啊,会藏匿亚维的都在里面。"

"又拿这说事。"凯特垂下了头。

"我们也算相当卖力了,你总能看出来吧?"

"能啊。"

"警部。"巡查部长打断了他们的对话。

"怎么了?"

"拉玛修迪巡查部长遇上占领军盘查,动不了了。"

"又来了。"恩特琉亚烦透了。

这已经是搜查部第十次被占领军妨碍搜查。占领军完全掌握了各警局的纹章,但似乎很疑惑佩戴着卢努·比加市警局纹章的警察干吗来古佐纽市。

"喂,该你出场了。"恩特琉亚捅了捅宪兵大尉的侧腰。

"嗯,"凯特对巡查部长说道,"请让我军指挥官接听。"

恩特琉亚听着车里萦绕的异国语言,心思已经转到数起更为重要的案件上。

"谈妥了。"

"啊?"凯特的话把恩特琉亚拉回现实。

"拉玛修迪巡查部长已经没问题了。"

"直到遇上下次盘查,对吧?"

"呃,嗯……"凯特有些尴尬。

"你到底有没有把我们的情况交代清楚?"恩特琉亚换上了质问的语气。

"嗯,我已经向地区宪兵队司令部做了详细说明。"

"那我们怎么动不动就被拦下盘查?"

"看来是没有传达到下级组织。"凯特移开了视线。

"说句不好听的,你们的组织效率太低。就连我们警局都知道要相互通气。"

"所言极是。"凯特心虚地蜷缩起身子。

恩特琉亚就差吹口哨了。他只当凯特是个讨厌鬼,没想到这家伙也有坦率的一面。

这次是凯特的随身终端响了。

凯特从别在腰间的终端取下显示屏,扫了眼屏幕。他的脸色眼看着变了。

"怎么了?"恩特琉亚来了兴趣。

凯特整个人靠到椅背上,一脸失望,"宪兵队出动了,要去抓那个亚维。"

"哦?那是好事啊。这么说……没我们的事了?"恩特琉亚满怀期待地问道。

"不,目前所有的搜查资料都要上交宪兵队司令部,而我们还要继续分头行动。同时……"凯特有些难以启齿,"上面下令,一旦我们发现亚维的藏身之处,必须马上通报司令部,然后原地待命监视他们,防止亚维逃跑。"

"怎么理解?意思是我们不能抓人?"

"对,会由我军宪兵队实施抓捕。"

"开什么玩笑!我们追来追去,最后却只能咬着手指看别人抢功。"恩特琉亚火冒三丈。这就像在侮辱他的工作,侮辱他心爱的卢努·比加市警局。而且,一开始的说辞哪儿去了,说好的占领军协助警察呢?现在岂不成了给占领军做牛做马?"怎么,你的上司是想说,就凭我们抓不住亚维?"

"并不是。"凯特别开脸解释起来,"起初,司令部以为那个亚维是从公馆或者基地逃走的,所以并没有太过关注。反正已经从公馆抓了十多个亚维,漏掉一个也无所谓。可是,目前看来,那个亚维很可能是乘坐小型艇从平面宇宙而来。"

"所以?"恩特琉亚盯着凯特的侧脸。

"而且,她有可能是我军在平面宇宙击毁的那艘敌舰上的乘员。如果真是这样,她或许携带着重要情报。"

"什么重要情报?"

"这……"凯特摆手道,"我不知道,而且即便知道,我也不会说。"

"我想也是。"恩特琉亚并不怎么在意。情报要么是星界军的军事机密,要么多半牵涉到星际国家之间的政治问题。无论哪种,都跟恩特琉亚无关。

"所以说,我们正在搜查的亚维格外有价值。如果能抓住她邀功,想必人事参谋部也不会视而不见。"

"我能品出个大概了,意思是不能让我们这种当地警察抢了功劳。"恩特琉亚心中涌起了一股不同于刚才的怒火。做苦力的是自己,得功劳的却是别人,这可不能忍。

"与其说是你们,不如说是不愿意让我抢功吧。"凯特低声说道。

"为什么?"恩特琉亚十分惊讶,"你不是天之骄子吗?年纪轻轻就当了大尉……"

"你说我年轻?"凯特端正的脸上浮现出自嘲的微笑,"警部认为我有多大?"

"这个嘛……"恩特琉亚还特意多估了些,"标准年的二十七八岁吧。"

凯特的笑意更深了,"换算成标准年,我今年已经四十九岁了。"

"不是吧,比我年纪还大?!可是,你的外表……"恩特琉亚支吾起来,"原来如此,是遗传基因改造吧?"

"没错。遗传基因改造并非亚维的专利。"

"可是,听你们的宣传广播,似乎是把改造人类基因归为罪恶?"

"是的。在'人类统合体',改造人类遗传基因是重罪。"

"也就是说,你是罪恶之子吗?"

"唉,"凯特叹息道,"如果真是这样,就简单多了……"

"我说错了?"

"嗯。你知道西雷吉亚共和国这个国家吗?"

"很抱歉,没听说过。"警部耸耸肩。

"这样啊……"凯特抄起手,视线投向窗外。

恩特琉亚本以为凯特要介绍西雷吉亚共和国,可他却陷入了沉默,恩特琉亚没了耐心,"西雷吉亚共和国怎么了?"

"西雷吉亚共和国这个国家,"凯特慢慢讲述起来,"已经毁于大概一百二十年前爆发的西雷吉亚战役,但幸运的是,现在得以并入'人类统合体'。从前的西雷吉亚虽然名叫共和国,实施的却是军事独裁统治,约一千个世袭军人家族掌控着整个社会。这些军人家族的子弟接受了遗传基因改造,不过并不如亚维那样彻底——没有改变发色或是新造出特殊器官,仅仅是进行了不老化处理。"

"你就是那些子弟之一吗?"恩特琉亚低声道。

"准确来说,接受不老化改造的是我祖父。"

"可是……"恩特琉亚表示不解,"这跟不想让你立功有什么关系?都已经隔了三代人吧?"

"因为不管经历了多少代,我的户籍上都清楚写着'西雷吉亚不老族'。"

"为什么?"

"和结婚有关,我们有严格的婚姻限制。这也是没办法,我们只能和接受过不老化改造的人结婚,否则怀上的孩子毫无例外会在胎内癌变。"

"那才更应该接受遗传基因调整,"恩特琉亚指出,"这样你的下一代就能像普通人一样生活。"

"无论出于何种目的,'人类统合体'都不允许调整遗传基因。"

"哪怕有先天性异常?"

"是的。事实上,在受精卵阶段进行遗传基因检查本身就是违法的。等到发现异常,哪怕退一万步能接受基因治疗,也绝不可能进行全面的遗传基因调整。不过,大部分器官组织方面的疾病,都能通过生物医学工程的方式来解决。"

"这样啊。"警部愣住了。"人类统合体"对改造遗传基因抗拒到这种地步,已经称得上病态。

"所以说,我还是单身。恐怕西雷吉亚不老族在我这代就会灭绝了。"

"听着真不舒服。"恩特琉亚低声道,"慢着,你还是没说清，怎么就不能让你立功了？"

"别在意，"凯特摆摆手，"是我说漏嘴了。"

"这怎么行？都到了嘴边。"恩特琉亚注意到他一直在故意岔开话题，不由得皱起眉。

"反正与你无关。"

"怎么无关了？现在你们是这里的统治者，我想了解你们的真实情况有什么不对？难道我们没有知情权吗？"

"我们并不是统治者，而是和你们一起建设民主社会的新朋友。"

"那就更好办了，我想了解新朋友。"

"被你将了一军啊。"凯特拗不过他，"简而言之，他们不信任我，认为西雷吉亚不老族天生就无法理解民主主义的真谛……"

恩特琉亚明白了，凯特宪兵大尉在组织当中并不受待见。理由也很明显，是人种歧视。

这样就能解释很多事：比如为何凯特没有部下，又比如为何占领军高层并不把他的建议放在眼里。

艾扎恩也是个倒霉蛋。他拼命巴结的对象跟康庄大道相差十万八千里，只能远远地在小路上人挤人。他要是得知了真相，会高兴哭吧。

不过，恩特琉亚还有一个疑问。

"这就怪了。"

"你指什么?"

"既然上面不把你当回事,那你干吗还这么热心?换作是我,我才懒得去做吃力不讨好的事。艾扎恩管理官虽然不怎么待见我,但民众对我评价很高,所以我才能坚持干警察这一行。可你又是为什么……"

"你真幸运。"凯特这话听起来是发自内心的称赞,"在我的故乡,极少有警察会得到民众的好评。"

"你还没回答我的问题。"

"因为我是民主主义者,光这一条不就够了吗?"

"是吗?可是其他人并不信任你。"

"我只是忠于自己的良知。"

"哈哈,原来如此。"恩特琉亚随口附和。其实他知道问也没用,只是实在没法无视挥之不去的疑惑。"这样你就满足了?"

"当然。"凯特斩钉截铁地说。只是,他坚决的态度反而有些不自然。

"警部,不好意思打断一下。"巡查部长指着耳朵上的通话器,"裘亚巡查部长找您。"

"好,"恩特琉亚扫了一眼显示画面,裘亚小组负责的是利姆泽尔亭,"接过来。"

"警部,我们发现两名可疑人员。"裘亚报告道。

"这种事用不着语音报告吧,输入思考结晶就行。"

"人已经不在旅馆。"

"让他们逃了?"有很多东西都让恩特琉亚不能忍,其中最典型的就是不中用的部下。

"不,"裘亚听起来很急,"我们抵达时,可疑人员已经离开。"

"那你怎么知道他们可疑?"

"他们是一男一女的双人组,用了假名,户籍系统里也查不到对应的名字。"

"这样啊。"恩特琉亚并没多大兴趣。一男一女的搭配确实符合他们在找的犯人。不过,不知是什么神秘的巧合,从古至今,那些不想让外人或者家人知道的旅行,大都是一男一女进行的。

"他们使用的假名是'赛伊·杰特'和'赛伊·莉娜'。"

"比起名字,我更想知道他们的特征。"

"根据好几名工作人员的证词,两人相当年轻,而且十分古怪。"

"十分古怪?"

"他们几乎整天都待在房间里,尤其是女方一步都没出过门。"

"我没觉得有什么奇怪啊。一男一女在房间里有的是事情做,不对,应该只有一件事可做。"

"不只是这样,为他们带路的工作人员表示,女方戴着帽子,而且是男式的。"

"哈哈!"恩特琉亚看向凯特,后者也正竖着耳朵在听。戴着帽子的女性——和那三人组的证词一样。

"女方的长相呢?"

"眼睛和头发是黑的,浅麦色皮肤,鹅蛋脸,据说是个超级美少女。"

"超级美少女啊。"

"而且,他们没给西弗。"

"西弗?这就对了。"恩特琉亚点点头。此事确实蹊跷,如果想避人耳目,通常来说应该多付些小费权当是封口费。像他们这样完全不给,要么是压根儿不知道有这种规矩,要么就是一毛不拔的铁公鸡。

"把他俩的影像记录传过来。"

"这……"裘亚支吾起来,"说是没保留,已经删掉了。"

"没保留?经理是怎么说的?"

"说是客人退房之后,只要没出问题就会删除。"

"这家伙懂不懂《旅馆法》?旅馆有义务保存一年……"恩特琉亚打住了话头,心想对裘亚讲这些也没用,"前台怎么说?要是他们闭门不出,近距离看过他们的就是前台吧?"

"经理就是前台接待,可是证词完全不一样。他坚称是两名中年人,打扮非常朴素,没留下什么印象。"

"这位经理有问题。"凯特插了一嘴,"有没有一种可能是他在窝藏亚维?"

"有这种可能。裘亚,给我经理的姓名和居民编号。"

"好的。"

信息从裘亚的通话器传进了指挥车的思考结晶。

恩特琥亚输入识别编号接入警局系统,调出利姆泽尔亭经理的信息并显示在屏幕上。

"这家伙……"恩特琥亚凝视着画面,"没想到啊。经理是独立党党员,而且是过激派感情上的支持者。"

"独立党?"凯特问道,"是干什么的?"

"就跟名字一样。主张驱逐领主并要求从帝国独立的政党。"

"是秘密结社吗?"

"不是。他们既有挂牌的总部,在州议会也占有议席。"

"竟然有这种政党存在?!"凯特很无语。

"有啊,你不知道吗?我还以为他们早就成为你们的小喽啰了。"

"嗯,我确实不知道。反帝国的政党也是合法的吗?"

"反对帝国的统治又不犯法。他们只是当不上领民代表而已,因为会被领主否决。"

"真是无聊的欺骗。"凯特嘲讽地笑道,"到头来,不依然被限制在帝国的框架内吗?在我看来,不过是拿争议当噱头而已。"

"我们当中的很多人也和你持有相同看法。也正因为这样,独立党才赢不了选举。而且,独立党内部也存在分歧,有人认为靠和平手段实现不了政治主张。这部分人选择退出政党,成了过激派。他们有不少团体,这位经理支持的看来是克拉斯比鲁反帝国战线……"恩特琉亚从公安系统里调出克拉斯比鲁反帝国战线的资料,"伤脑筋啊,几乎没有这帮家伙的信息。大约二十年前,他们企图占领轨道塔,当时的成员几乎全部被捕,之后就进入了沉寂状态。"

"这些过激派都有哪些行动?"

"没什么大动作。"跟你们的所作所为相比的话,恩特琉亚在心里补上一句,"像是给侯爵家的农场放火啦,炸掉星界军的征兵办公室啦。当然,这些都是犯罪行为,我们会依法取缔。之后,顺便监视了独立党过激派的成员和支持者,防止他们太过偏执。"

"可是……"凯特摇着头,似乎很难认同,"帝国明知有这种团体存在,为何……"

"帝国知不知道这回事还要打个问号。"

"咦?他们不是完成了炸毁星界军办公室的壮举吗?"

"那都是好久以前的事了,当时我还没当警察呢。警局确实把犯人的名字上报给了星界军,不过,他们很可能听过就忘了。据我所知,帝国好像没把独立党或者过激派怎么样。"

"这怎么可能……你肯定是被骗了。"

"是吗？只能说凡事都有可能吧。不过，起码直到现在独立党还是在正大光明地活动。"

"可是……"

凯特正要说什么，裘亚先没了耐心，"警部，我们到底该怎么做？"他问道。

"抱歉，把你给忘了。"恩特琉亚挠挠头，"把经理控制起来。"

"需要押送警局吗？"

"不，没必要，仅仅违反《旅馆法》抓不了他。你们跟紧他，要礼貌地要求他老实配合，哪儿都别去。我这就过去。慢着，经理没跟其他人通过话吧？"

"是的，没联系过其他任何人。我们一直在密切监视他。"

"很好，接下来也别让他通话。就跟他说，如果旅馆因此蒙受损失，占领军会全额赔偿。"

"确定吗？"裘亚的声音里带着笑意。

"确定。就算到时候变卦，要怪也只能怪占领军。"

"收到。"

"结束通话。"恩特琉亚说。

"结束通话。"裘亚说。

恩特琉亚拍了拍指挥车随行的巡查部长的肩膀，"是叫利姆泽尔亭吧？把车开到那儿。通知返回途中的小组全都过去。"

"明白。"

指挥车发动了。

"关于刚才的命令，"恩特琉亚眺望着窗外的风景说道，"不准抓人是下给你的命令，并不关我们的事，这一点必须先明确。我们的行动从始至终都是为了抓住偷车贼。"

"是啊，"凯特紧皱的眉头舒展开来，"我并没有收到命令制止你们。"

"总之，先去把经理控制起来。"

"那位经理会不会正在窝藏亚维呢？"凯特提出疑问。

"不好说。"

"他既然是独立党成员，肯定不会帮亚维藏身，对吧？"

"这也不好说。"

"难不成，独立党是伪装组织？"

"干吗伪装？"恩特琉亚表示不解。

"以便在这种情况下帮助帝国的人逃亡。也就是说，他们是地下组织。"凯特似乎对自己突如其来的想法信心十足，"帝国很可能预见到解救一事，所以事先安排好这种组织也不奇怪。"

"奇怪透顶了，一听就不靠谱。"恩特琉亚冷冰冰地说道。

"可是，凡事都有可能，这话是你说的。"

"确实。"恩特琉亚耸耸肩。

"既然你并不认为这是伪装组织，那为什么又说独立党成员有可能藏匿亚维?"凯特追问道。

"我们这些领民对亚维的态度存在偏差,偏差度太高的会加入独立党,高到没救的会投奔过激派。我之前审讯的过激派好像还抱怨过帝国怎么不来镇压他们。"

"这是什么蠢话?!"

"确实够蠢的。不过嘛,我也不是不能理解,因为帝国对我们的世界毫无兴趣。对于那些想开展独立运动的人来说,没有比这更泄气的对手了。"恩特琉亚在想,对于这次入侵,最振奋的说不定就是过激派。反正要搞独立运动,拿这帮人当对手可远比帝国带劲多了。

"可是,既然帝国对行星社会毫无兴趣,那为什么又要统治各个行星?"

"这还用问?当然是因为不想我们进入宇宙。"

"真的只是这样吗?"凯特带着怀疑的口吻问道。

"肯定啊,不然还能是什么?"恩特琉亚随口应付道。

"我并不这么认为,只是现在没有闲暇来讨论。"凯特取出腰间的便携终端,上面装着附属配件,能读取帝国生产的记忆片。

他向巡查部长提出要求:"请把搜查资料的记忆片给我。"

"喏。"巡查部长不情不愿地把记忆片递给凯特。

"对啊,顺带提出独立党是伪装组织的可能性。"凯特微笑起来,仿佛想到了一个绝妙的点子。

"只是,几乎没有这种可能性。"恩特琉亚指出。

"那不就更好了。"

"怎么说?"恩特琉亚无法理解。

"宪兵队人数虽多,却不怎么了解这片土地,所以只能寄希望于寻求一个明确的目标。得知这一情报后,他们肯定会暂时集中力量搜索与独立党有关的场所,而我们就可以趁机去抓亚维。"

恩特琉亚看着凯特得意扬扬的表情,心情却沉到了谷底。看我做了什么好事,这下岂不是又给民主主义学校增加"学生"了……

星界的纹章Ⅲ

2

出　逃

"来,请进,虽然这里脏乱差,但二位别客气。"玛尔卡邀请道。

"脏乱差真是对不起你了,"送葬人摆出一副臭脸,"我对此可是非常中意。"

"这里是送葬人的家?"杰特问道。

"没错。"送葬人点点头。

这是距离利姆泽尔亭十个街区的城市树,送葬人的家在三楼。

杰特跟在玛尔卡和送葬人后面进了屋,紧接着是拉斐尔,最后进来的是敏、比尔和达斯瓦尼。

"你们真是毫无戒心。"比尔嘲笑道,"我们要是想动手,你们一点儿招架之力都没有,背后全是破绽。"

"啊,确实。"杰特坦率地点点头。他压根儿没想过要警戒身后,这种时候应该选择殿后。

"就你这样也能当上护卫?"比尔还想找碴儿。

杰特没说话,只是耸耸肩。他并不是护卫——硬要说来,也是拉斐尔在护卫杰特——不过他懒得解释。

拉斐尔在送葬人家里就像进了自己的卧室一样旁若无人。明明没人让她坐,她却先占据了看起来最舒服的一把皮椅。

"喂,那是我的座位,只有主人才能坐那把椅子。"送葬人愤愤不平地指着拉斐尔。

拉斐尔看着送葬人,却并不说话。

"亚维,别忘了你是人质,按理说被五花大绑扔在地上也没资格抱怨。劝你识趣一点……"

拉斐尔专心致志地竖着耳朵。看她的表情,与其说是学生在专心听讲,倒不如说是研究者在观察奇妙的生物。

"啊,我知道你想说什么。你想说你们是自愿来的,而且手里有枪,对吧?不过呢,我始终只把你们当人质。是,那把枪确实威力十足,你也秀过了本事。我承认你有能耐,我们凑一起也打不赢你。但我还是要说……"送葬人的声音逐渐弱了下去,"好吧,如果你喜欢那把椅子,我也很开心。"

杰特看着送葬人有气无力地坐到长沙发上,有些担心他会哭鼻子。

看见送葬人忍住了眼泪,杰特这才放下心来,开始仔细观察房间。虽然这里被玛尔卡形容为"脏乱差",其实并非如此。屋里家具很少,显得挺宽敞。没有桌子,只放着几把座椅。墙上挂着一幅画,画风很抽象,看起来画的是从上往下喷射的火焰。

"这是送葬人画的吗?"杰特问道。

"啊,没错,画得很棒吧?"送葬人瞬间喜上眉梢,不过立刻就收回笑脸叫嚷起来,"真受不了你们,到底明不明白自己的处境?!你们是人质,人质!我们并不是在给你们庆生,别把自己当成是受邀来做客的。"

"杰特小弟,坐吧。逗送葬人发疯确实有趣,不过我们早都玩腻了。"玛尔卡说道。

"我并不是在打趣,"杰特解释道,"纯粹是感觉这幅画很有意思而已……"

"作为人质,光是担心自己的小命都来不及,哪有工夫去欣赏艺术品?"送葬人指出。

"那幅画算不算艺术品还有待商榷。"敏发表评论。

送葬人忙着反驳敏,杰特则趁机坐到了拉斐尔身边的椅子上。

"那么,你们接下来有什么打算?"杰特看向玛尔卡。

"天亮之后,我们会把你们藏进运货车的货箱,送到市外的某个地方。"

"我是开运输车的,"比尔补充道,"每天都会去迪·赛冈这条街上的培养肉工厂拉货,很熟悉盘查的情况,现在已经跟那帮占领军混了个脸熟。他们不会仔细检查货箱的。"

"运送肉类的话,那岂不是冷冻车?"

"没错,不过别担心,从这儿出去时要清空,会关掉制冷。"

"那就好,我不太喜欢被冷藏。"

杰特沉思起来。

藏在货物里逃出城市是个好办法。如果坐在座位上,拉斐尔无论如何都太醒目了。就算染了头发,一摘帽子空识知觉器官就会暴露。

不过，这帮人真的值得如此信赖吗？混进货物里确实不容易被发现，可是又不知道会被带去哪里。说不定一出货箱，等待他们的就是"人类统合体"的枪口——这也不是没有可能。

"不行。很抱歉，我还是不太相信你们。"

"为什么不信？怕被我们卖给占领军？"玛尔卡问。

"毕竟，我们是人质，不是吗？怎么可能期待人质相信绑匪？"

"这才像话。"送葬人点点头，这话说到了他的心坎里。

玛尔卡伸手撑着头说道："我们怎么可能和占领军结盟？"

"为什么不可能？我从刚才就一直想不通，你们为什么不帮敌军？"

"我们的诉求始终是脱离帝国实现独立，重点是独立。"

"那岂不是更应该……"

"刚被占领的时候我们确实有所期待，可是他们都明说了，丝毫没有让我们独立的意思。你怎么认为我们会跟那帮家伙结盟？"

"不如说那帮家伙比亚维更坏，"比尔插话道，"亚维又不管我们。"

"岂止！"敏情绪激动，"他们还把我的头发给剃了，就只因为我染了蓝发。我才不是向往亚维，只是为了搭配胡子而已!"他抚摸着分别染成红色和黄色的胡须。

"我的生意也做不成了。"送葬人扬起双手。

"送葬也受影响?"葬礼能有什么地方让敌人看不顺眼呢?杰特正想问,玛尔卡却抢先发话了。

"总之,"玛尔卡总结道,"我们对占领军没有半点好感。而且,亚维这次是被意外偷袭,不可能在宇宙空间甘拜下风。要是跟占领军合作,到时候我们没好果子吃。"

"你们很信赖帝国啊。"

"是信赖帝国的军事实力。"玛尔卡纠正道。

"唔,我越来越看不出你们是不是真想独立了。"杰特抄起手,"既然帝国如此强大,你们当真以为能脱离他们而独立?"

"是不得不独立。"敏接口道,"眼下看来,帝国确实不关心地上世界。可是,谁知道这种状态能不能永远持续?或许存在变数的可能性更大。到时候帝国来为难地上世界,我们拿什么对抗?亚维甚至可能给地上世界来场反物质炸弹雨。"

杰特心想,这是什么逻辑?如果想让克拉斯比鲁行星沐浴反物质炸弹,最快捷的办法不就是强行独立吗?本来完全不关心他们的帝国无疑也会被吸引过来。

"看来你想说我的被害妄想症太严重吧?"敏误解了杰特的表情。

"不,并没有。"

"那你是什么意思?"

"我只是想说,你们就像小孩子,家长明明没怎么样,你们却害怕受虐待,成天想着离家出走。你们有没有想过,等真的离家出走了,反而会被家长揪回去狠狠教训一顿?"

"你小子,"敏眯起眼,"我还从没受过这种侮辱。"

"我并没有恶意,如果让你不舒服了,我道歉。"

"接受你的道歉,但我并不会改变想法。"

"嗯,我并不是给你们的想法挑毛病。"杰特拼命安抚道。

"那就好,往后要注意你的言行。"

"我会的。"

"先说正事。"玛尔卡说道,"那你们想怎么样?要是不喜欢我们的方案,就只能暂时住这儿了。出城很危险,那帮占领军设了卡。"

"嗯,我明白。"

"开什么玩笑?!"送葬人猛地从椅子上跳起来,"要让这些家伙一直住我家吗?"

"是这意思,反正你有多余的房间,没有任何问题。"

"他们可算不上优质客人,尤其是这家伙。"他指向拉斐尔,"她该不会以为我是仆人吧?"

"那有什么办法?"玛尔卡换成克拉斯比鲁语,"我们当中只有你是独居。我要是带他们回家,那该怎么跟我丈夫和女儿解释?"

"就随便撒个谎,说是失散已久的弟弟妹妹呗。"送葬人也用克拉斯比鲁语回道。

"我不会对丈夫撒谎的。"

"你明明瞒着他在当过激派!"

"这不叫撒谎,我又没否认我是过激派。"

杰特听着他们的对话,不禁感慨这个组织规模真小。克拉斯比鲁反帝国战线听起来威风,不过成员似乎总共就这五个人。

"送葬人是在担心,"敏的语气很沉重,"要是被发现自家藏着亚维,不知会被占领军怎么样。"

"才没有。"送葬人反驳道,不过明显是在嘴硬。

这时,杰特发现漏掉了一个关键问题:"你们也会一起躲进冷冻车的货箱吗?"

"只能让他们将就一下了。"比尔说道,"总不能双人车的驾驶席上坐五个人吧,一看就有鬼。"

"那你们早说不就好了。"杰特微微一笑,"既然是这样,我相信你们。在货箱里的这段时间,我们会保证随时都能开枪,这么做并没有什么特别的用意,还望你们别往心里去。"

"这下子,到底哪边才是人质了?"送葬人叹了口气。

"何时出发?"一直保持沉默的拉斐尔问道。

玛尔卡看了眼时间,说道:"从现在算起的三小时十七分钟之后。"

"我没睡饱。"拉斐尔对送葬人说道,"此处是你家吧,客房干净吗?我需小睡片刻,带路吧。"

"这就为您更换床单,还请稍等片刻。"送葬人满脸绝望。

星界的纹章 Ⅲ

3

史法格诺夫门会战

史法格诺夫门与舰队之间的高浓度区域里，聚集着大量光点。"这是什么？"特莱夫提督用指挥杖指着平面宇宙图上的光点群。

"0.9997的概率是敌军舰队。"卡休尔千翔长冷静作答。

"用得着你说！"特莱夫吼道，"我们这一路进军应该都在展示兵力吧？"

"是的，可以说是相当充分。"参谋长颔首。

"那敌军理应知道我方实力，对吧？"

"如果这样还看不出来，那就只能派出联络艇给他们上一课。"

"敌方没有胜算，对吧？"

"理性的指挥官必然会这么判断。"

"既然如此，"特莱夫顿了顿，好营造出戏剧效果，"那他们为什么堆在这种地方瞎磨蹭？！"说到这里，他忽然有个疑问，于是向参谋长问道，"对了，你说的0.9997是敌军吧？"

"是的。"

"那除去敌军，剩下这0.0003又是什么？"

"隐瞒情报、感知装置系统同时故障、未知的自然现象、未知智慧体集团，抑或是……"

"你是打心底认为有这些可能？"特莱夫愣住了。

"单个的可能性极低，不过，如果加在一起……"

"行了，打住吧，当我没问。"司令长官用手支着下巴，在司令座舰桥踱来踱去。

"我以为阁下期盼战斗。"卡休尔说道,因为特莱夫看起来并不开心。

"确实。"特莱夫承认,"不过,我不喜欢带着猜疑投入战斗。卡休尔,你认为他们是出于什么理由停留在这里?"

"相关理由能推测出三种可能性。"卡休尔立刻作答,"第一种可能性是:敌军认为自己能够获胜。"

"获胜?兵力的悬殊一目了然,他们哪里来的自信?"

"这又分两种可能。其一,敌军单艘舰艇的性能远超我军想象。"

"也就是说,情报局误判了假想敌的技术能力吗?"听到帝国在技术能力上可能落后于其他星际国家,特莱夫十分不快。

"那帮喂猫的有什么可指望的?"卡休尔面无表情地反问。

"对啊!"特莱夫用拳头一拍手心,"情报局跟喂猫的一个水平。你瞧我,竟然给忘了。"

娜索特琉亚通信参谋一脸无奈,但什么也没说。

"不过,我对情报局的评价要稍高一些,误判的可能性恐怕近似于零。所以说,如果敌军有信心获胜,要么是小看了星界军,要么该在敌军指挥官的精神状态上找原因。"

"跟疯子交战不够优雅。"

"第二种可能，"卡休尔忽略了司令长官的感慨，"需要考虑这是个圈套。"

"哪种圈套？"

"例如，让大舰队在附近某扇'门'的普通宇宙一侧待命，先以较小兵力应战，拱手让出首胜，作势溃逃。"

"这怎么是圈套了？"特莱夫不解。

"当我方乘胜追击，毫无戒备地进入'门'时，大舰队再一齐发动袭击。"卡休尔解说道。

"原来如此。"特莱夫有些颜面扫地。任何情况下，进入"门"时的前哨警戒都必不可少，忽略这一点的无能翔士绝不会佩戴指挥官徽章。"对方认为我会如此没常识？"

"敌军并不知道阁下是这支舰队的司令长官，应该不是针对您个人的。恐怕是源自对帝国星界军的普遍印象吧，或许他们也相信那个自古就根深蒂固的评价。"

"亚维，天性傲慢而无谋。"特莱夫心领神会。这在亚维之间也相当有名，只说"那个评价"就知道是指什么。"怎么说，我们或许稍显傲慢，但并非无谋。"

"没错，过往战史也已证明这一点。假如他们认真研究过战史，就不会采取这种极不可靠的战略。"

"如果真如你所说这是个圈套，"特莱夫下定了决心，"就应当生擒敌军指挥官。我们必须好好教训他，让他从基础开始重新学习战术。"

"是个好主意。"卡休尔不冷不热地应道,"无论如何,我们都不可能掉进这类拙劣的圈套,并无必要专门考虑对策。"

"确实。"特莱夫表示赞同。

"第三种,也是可能性最高的一种……"

"这是你的坏毛病。"特莱夫对卡休尔评价颇高,但不喜欢他像这样卖关子,"为何不从可能性最高的说起?"

"很抱歉。"卡休尔敷衍地道个歉,继续说道,"敌军舰队……起码主力舰队是'人类统合体'。众所周知,他们军令部所下的指令往往缺乏变通。或许,敌军指挥官受命以现有兵力死守史法格诺夫侯国。假设对方听从了这类命令,将兵力集中在这一区域,那就是最合理的策略。"

"你认为这种可能性最高?"特莱夫抄起手。

"是的。"

特莱夫又踱起步来。

他越思索越深信不疑,敌军的行动并不存在阴谋,仅仅是举全部力量应战而已。就像特莱夫,同样派出了自己的全部兵力。区别只在于,特莱夫有撤退的自由,而敌军没有。

现在还剩下一个疑问:既然要全面进犯帝国领土,敌军为何只匀出这么可怜的兵力?恐怕这是一次佯攻。不过,这是帝国军令总部要面对的问题,用不着特莱夫操心。虽然不能前往主战场让他有些不满,但可以自由指挥麾下的舰队,对他来说也是件乐事。

"对,错不了。"特莱夫挥起拳头,"现在我的疑问就像冲入大气层的宇宙尘埃般灰飞烟灭,连余烬都不剩。我的心已经离开猜疑之岸,抵达确信胜利的岸边。我知道应当何时道谢,正是此刻。卡休尔千翔长,我向你致谢!"

"我很荣幸。"卡休尔无比冷静地接受了司令长官的感谢。

"不过,"特莱夫停下脚步,望着平面宇宙图,"他们也有些可怜。"

"现在不应同情敌人。"参谋长平静地指出。

"你说得对,我们已经警告过了,无须客气。"特莱夫拔出指挥杖,宣布道:"进行迂回夹击。"

"我反对。"卡休尔毫不留情地反驳道。

"为何?"刚燃起的激情转瞬被浇灭,特莱夫垮下了肩膀。

"距离太近,敌方一眼就能看穿我军行动。这种情况下采取迂回夹击,不仅效果甚微,还会成为逐个击破的靶子。虽不至于败北,但会造成无益的损失。"

"休丽尔呢?"特莱夫征询作战参谋的意见。

"很遗憾,"休丽尔百翔长这句话发自肺腑,"我与参谋长持相同意见。"

"这样啊。"特莱夫也很遗憾,不过,应当尊重参谋们的意见。特莱夫必须以司令长官身份做出日常批示——即便是在战场也得不到解脱——在他为此伤神的同时，参谋们会设定不同的假想情况反复进行模拟演习。既然他们判定这么做只会增加无益的损害，那想必不会有错。

特莱夫失落地耷拉着肩膀，"没办法，那我们只好正面进攻了。"

"是，我认为这才是稳妥的策略。"卡休尔向特莱夫保证。

"显示战斗队形方案。"

平面宇宙图随之消失，换上了假想队形图。

星界军的突击分舰队一般由以下战队构成：三支突击战队，各一支的护卫战队、打击战队、补给战队，以及司令官直接率领的三艘巡察舰及若干联络舰。

现在，特莱夫麾下的四支突击分舰队全部一字排开，向敌军推进。

每支突击分舰队打头的都是护卫战队，他们是抵御敌军机雷的盾。

接着是打击战队，由战列舰构成，他们是释放机雷的弓。"巴斯克·加姆琉弗"打击分舰队派出四支突击分舰队摆出横贯阵型，进一步强化打击力度。

紧接着，各个总部战队[1]之后是突击战队，他们是在战斗

---

1. 总部战队，星界军中含分舰队旗舰的战队。

进入最终局面后贯穿敌军的枪。可怕的"弗图内"侦察分舰队将主力一分为三,埋伏在这里。

各分舰队下属的补给战队与"阿修玛图修"补给分舰队一道,跟随在大后方。

这是最正统的布阵,没有任何花招。

"行吧,"特莱夫批准道,"立即实施改编。"

"是。"卡休尔敬礼。

"凯尔迪朱号"旗舰的时空泡中分离出数艘联络舰艇,向各级司令部传达指令。

与此同时,敌阵也出现了数个看似联络舰艇的小质量时空泡,忙碌地活动起来。

"敌军时空泡,分离!"探查参谋高声唤起了特莱夫的注意。

聚集于高浓度区域中心部分的时空泡群中,分离出了无数的轻型时空泡。它们正向特莱夫舰队袭来。

"0.99996的概率是——"卡休尔正要报告。

"别报概率了!"特莱夫怒吼。

"是敌军的机雷群。"卡休尔就像没注意到对方的怒斥,丝毫不为所动。

"我知道。"特莱夫恶狠狠地说道,不过立刻又换上了笑容,"开始了啊。"

"是的。"

至此,这场大战首次的正式交战——史法格诺夫门会战——拉开帷幕。

"进入防御机雷战!"特莱夫下达命令。

"凯尔迪朱号"巡察舰发射出一枚机雷,麾下的战列舰以此为号,随即展开机雷战。

从高浓度区域射击和向高浓度区域射击,机雷的射程大不一样。高浓度区域发射的敌方机雷可能会直袭特莱夫舰队,但我方机雷却到不了敌阵。

所以这些机雷的目标是敌方机雷群。

敌我双方的机雷极速靠近。

"时空泡群发生接触,方位三〇五,距离六十五,接触范围正在扩大。"探查参谋报告道。

代表敌方机雷的红色光点与代表我方机雷的蓝色光点相互交错。

我方机雷遵照输入思考结晶的命令,试着与敌军进行时空融合,对方却想逃离拥抱的手臂。反正这些机雷在抵达舰队前就会爆炸,犯不着一起"殉情"。

然而,我方穷追不舍,堵住去路。敌军的多数机雷都被迫陷入时空融合。

时空泡相互融合,喷出大量时空粒子后炸毁,随之生成的局部高浓度区域又转瞬消失。

平面宇宙掀起波涛,时空粒子的巨浪成环状扩散,不时摇晃着时空泡。

突破弹幕的机雷进一步迫近特莱夫舰队,虽然数量已经大幅削减,却依然不可小觑。

迎接它们的是护卫舰部队。

护卫舰配备有大量小口径可动炮,六艘为一个小队,共同生成一个时空泡,等候着机雷到来。

护卫队时空泡主动前进,尝试与机雷时空泡进行融合。这次,机雷并不逃避,反而积极谋求融合。因为开场这波雷击的目的就是破坏我方护卫舰部队。

机雷刚完成时空融合,就受到无数凝集光和反质子流的欢迎。有些机雷成功让一艘护卫舰陪葬,不过大半都只是徒增护卫队时空泡的质量而已。

沸腾的平面宇宙内,敌我双方的距离逐渐缩短。

"距离敌阵一百四十二,敌军先头部队已进入我方射程。"探查参谋报告。

"很好,机雷目标更换为敌军先头部队。"特莱夫下令。

新发射的机雷群看也不看敌方的同族一眼,笔直地向敌军舰队冲去。

敌军机雷没了阻碍,开始大举袭击护卫舰部队。

随后,护卫舰消失的报告频频传来,机雷也抵达战列舰部队。

"距离敌阵一百。"

"是时候了,"特莱夫看向卡休尔,"该让'弗图内'干活了。"

"弗图内"侦察分舰队的司令官是斯波尔·亚隆·赛克帕特·雷特帕纽大公爵·佩涅珠准提督。

斯波尔是个大族,地位之高仅次于皇族亚布里艾尔,门下拥有爵位的就不下五百人。其中,雷特帕纽大公爵家又是斯波尔一族的嫡系,实属名门望族。不仅如此,雷特帕纽大公国拥有三颗有人行星,是帝国公认的首屈一指的富饶邦国。

简言之,这在贵族当中也是历史最为悠久的富裕家系,而她正是当家之主。

既然如此——"弗图内"的先任参谋[1]克法迪斯百翔长常常在想——她还不如从星界军退役,去享受大贵族的生活。

她加入星界军可以理解,毕竟这是贵族的义务。不过,让人难以理解的是,服完兵役后,她依然留在军中。克法迪斯试图以"责任"或者"使命"这些说辞来说服自己,可是目睹司令官平日的言行,"兴趣"这两个字总会出来打岔。

---

1. 先任参谋,星界军中,分舰队和舰队中级别最高的参谋。在舰队中叫作"参谋长"。

由于前任参谋意外恋爱临时请了产假,克法迪斯才从外部被调至"弗图内"司令部,因为内部找不到合适的人选来提拔。

他调任过来还不足一个月,至今都无法适应司令部的氛围。

而最大的元凶,就是这玩意儿——克法迪斯望向司令座。

司令座张着豪华的华盖。支撑华盖的四根白色大理石石柱精雕细琢,华盖则装饰着复杂的刺绣。难以置信的是,据说这些刺绣都是手工缝制的。光是这些装饰,恐怕就值一名准提督三年的俸禄。而且,拥有领地的翔士是义务参军,没有酬劳。

克法迪斯又看向司令座背后。

墙上挂着"八颈龙"帝国纹章旗、"舞蹈女神"分舰队纹章旗,以及斯波尔家的"金色鸟"。三面旗呈三角形排列,"金色鸟"虽然位于下排,却比其他旗帜都大上一圈,仿佛在昭示它才最有分量。

克法迪斯将视线移回司令座。

怎么看都不合时宜,克法迪斯愈发笃定。

司令官苍蓝色的长发经过精心梳理,仿佛要进宫参加歌会。敕任翔士的双翼头环无比突兀,半躺在奢华长沙发上的慵懒身姿与军服的搭配亦是如此。

敕任翔士确实享有种种特权，自掏腰包装饰司令座也是其中之一。不过，到她这种程度，与其说是特权，不如说是任性。

刚继任时，克法迪斯就谏言："请您拿出些司令官的样子，否则会影响士气。"得到的回复只有一句："你少管。"

至少，没有美少年用银盘端着苹果酒在一旁服侍。我就忍了吧……

克法迪斯想到这里，忽然一个寒战。

难不成，她正指望我克法迪斯·卫弗·艾斯匹尔·赛斯匹百翔长、佩戴着参谋徽章的堂堂二等勋章爵士，来做这种事?!

不可能如此荒唐，克法迪斯从脑海里驱散了这个念头。

可是，他实在无法理解这位司令官……

"阁下。"正好闲来无事，他聊起天来。

"干吗？"细长双眼里的红瞳随之移动。这是斯波尔家的家徽"斯波尔红瞳"，红如巨星临终时的表面。

"您认识史法格诺夫侯爵阁下吗？"

"认识啊，贵族社交圈子很小。"

"他人怎么样？"

"惹人厌。"斯波尔的评价就一句话，"我才不愿为了救那种人弄伤我的战舰。"

"这样啊。"克法迪斯惊呆了，都忘了责备两句。

"不过，你放心，我不会公私不分。"

不会公私不分？克法迪斯注视着司令座的华盖，揣摩起"我的战舰"这种表达方式背后暗藏的心理。他心中的疑问太多太多，不禁从眼神中流露出来。

"你的眼神可以判个犯上罪了。"斯波尔敏锐地察觉到他的责备。

"请恕罪。"克法迪斯不太情愿地道了歉。

就在这时，命令送到了。

"来自司令部的泡间通信。"控制台前的通信参谋转过头来。

"读给我听。"斯波尔说道。

"是。尽情蹂躏。完毕。"

"哎呀，我跟特莱夫提督第一次共事，就能得到如此简洁优秀的命令。"斯波尔赞许道，"第一至第六战队，采用单舰时空泡，进入完全移动状态。每支战队各自组成战列线，推进到舰队前方。"

"弗图内"除了总部战队，还有六支侦察战队及一支补给战队。战队名称以整个星界军来编号，所以正式名称会带有第六〇七这样的长串数字，不方便使用。于是，司令部给了侦察战队一到六号的数字，补给战队则统称第七战队。亚维偶尔也会重视功能性。

一个时空泡内原本包含战列舰在内的三艘战舰，现在，每艘为一个单位分离开来,速度得以增至1.73倍。时空泡列超过战列舰阵营,把护卫舰部队也甩在身后。

"总部战队,保持停滞状态,等待集合信号。进入第三密集队形。"斯波尔迎着敌军炮火丝毫不为所动,冷静地下达着指令。

总部战队的三艘巡察舰组成三角形,领头的自然是旗舰"赫尔庇房修号"。

这组三角形的背后,正形成五条战列线。

"第四战队落后了。"克法迪斯指出。其他战队已经开始向护卫舰部队的前方横向移动,唯独第四战队还在战列舰部队间徘徊。

"拖后腿的真讨厌。"斯波尔抱怨道,"算了,反正会跟上来。用其余五支战队进行突击。"

"可是……"克法迪斯本想告诫两句,却打住了。

斯波尔的判断其实算得上合理。如果拘泥于集中兵力,执意等待第四战队,就会给敌人留出时间喘息。而且现在没有护卫舰部队的防御,整支舰队会暴露在敌军的雷击之下,确实要兵贵神速。

只不过,克法迪斯很难断定司令官真的不是意气用事。

"除第四战队外的五支战队完成列队。"克法迪斯报告。

"告诉舰长,完全移动状态,航向三一〇,继续发送'跟上我'的信号。"

"是。"克法迪斯向通信参谋传达了司令官的命令。

"弗图内"侦察分舰队再次移动起来，航向上横列着敌军的先头部队。

敌军机雷开始朝"弗图内"集中。

克法迪斯将头环切换为外部输入模式，连接上"赫尔庇房修号"的感知装置群。

他瞬间就皱起了眉头。敌军机雷大致以五秒一发的频率试着突破防御，"赫尔庇房修号"巡察舰的可动炮正倾尽全力破坏机雷。可是，一旦任何一发命中，就算巡察舰的装甲再厚也难以抵御。

克法迪斯与大多数星界军一样，并没有实战经验，这是他此生第一次品尝到死亡的恐惧。

冷汗沿着头环内侧滑落眉间。

他看向司令官。这女人竟然在哼歌！难道她不明白现状吗？要知道，他们正置身机雷的狂轰滥炸之中。

"阁下，"克法迪斯忍不住进言，"是否应当进行防御机雷战？"

"你之前在哪儿工作？"斯波尔玩耍着指挥杖问道。

这跟我的工作有什么关系？克法迪斯虽然心中不快，但还是如实作答："在第一八四打击战队任先任参谋。"

"哦，那你或许不知道吧？正好，借这次机会告诉你：巡察舰装载的机雷没有任何一发用于防御。巡察舰的机雷本就不多,必须全部用于击破舰艇。你要记住了。"

"可是……"

"没有什么可是。巡察舰怎么能因为这种程度的攻击就慌里慌张?别忘了我们是'弗图内'。"

"唔……"克法迪斯一时语塞。这时他才发现,斯波尔的头环正处于舰外空识状态。

该死,她是在虚张声势吗?

克法迪斯本想调回个人空识状态,这下赌起气来,决心咬牙也要坚持下去。

"来自第一战队'邱庇房修号'巡察舰的泡间通信。"通信参谋继续报告,"我舰严重损毁。电磁投射炮及前部可动炮群无法使用。向后方退避。"

斯波尔丝毫不为所动,继续哼着歌,只是略微颔首示意。

敌军先头部队开始左右分散,给"弗图内"让路。

这是相当明智的判断,他们的先头部队恐怕是护卫舰部队,无法与巡察舰抗衡。

克法迪斯心里痒痒起来,想趁机试探一下这位看似沉着的准提督阁下到底有多少水平。"敌军先头部队开始采取回避行动,要追吗?"

"你是真傻呢,"斯波尔厉声说道,"还是在装傻?"

"对不起。"长官言辞间的责备让克法迪斯大吃一惊。

"我在问你话,前者还是后者?"斯波尔毫不留情。

"这……我是故意的。"

"为什么要这么做?"

"这……我是……"克法迪斯语无伦次,哪里敢说是想套她的话。

"你是想试探长官带没带脑子吧?"斯波尔一针见血地指出。

"不,怎么会……"

"那是为什么?"

"请恕罪!"克法迪斯认了,"正如阁下的推测。"

"既然如此,这次破例原谅你。"没想到斯波尔颇为宽容,"只是,不准有下次。如果再犯,有你好看的。"

"谨记于心。"

"继续保持航向,战列舰是我们唯一的目标,护卫舰这种小卒就留给后续部队吧。"

很快,"弗图内"就大摇大摆地穿过了敌军先头部队打开的裂缝,落在最后的第四战队也一路跟了上来。

数列时空泡群自"弗图内"的左前方袭来。

"从质量判断是突击舰级别的单舰时空泡!"

"先任参谋,你记住了,巡察舰的机雷要用在这种地方。"斯波尔挥起指挥杖,"展开左侧机雷战。"

"弗图内"各舰分离出机雷,机雷群立刻向敌军突击舰群冲去。

代表敌方时空泡的红色光点眼看着一个接一个消失了。

"右侧也来了，三个巡察舰级别的单舰时空泡！"

斯波尔用指挥杖支着脑袋略一思考，"让第四战队去应对，线路正合适。"

第四战队就像在挽回最初的失败一般，反应十分敏捷，单纵阵直接改为单横阵，压制住了敌舰。

之后好一阵都没有敌舰上前挑衅"弗图内"，不过机雷更加密集，"赫尔庇虏修号"的时空泡内充满碎片和带电粒子。迫近的机雷被可动炮击毁，灼热的碎片飘浮在反物质浓雾里。

这就是蹂躏战吗？

克法迪斯不禁浑身颤抖。

"真无聊。"斯波尔却发起牢骚，"你说是吧，先任参谋？"

"什么？"克法迪斯怀疑自己听错了。

"我说真无聊。"斯波尔重复道，"一天到晚都要处理烦人的事务，好不容易真的开战，却没什么事情可做。我怎么就当了敕任翔士呢？看来舰长要有意思多了。"

"是吗？"在机雷和突击舰的攻势下，舰长想必正设法应战。克法迪斯自然也有在舰桥工作的经验，可以想象那种充满杀气的阵仗。光是演习，舰桥的紧张感就能让他忘了呼吸，更别说实战了。

"我啊,原本的梦想是成为巡察舰的舰长同敌人较量。可我当舰长时没遇上战争,好不容易开战了吧,又只分到如此无聊的工作,战争结束前还不能随便退役。我就这么倒霉吗?"

果不其然,她是因为兴趣留在军中,克法迪斯暗自叹息。

"我说过吧,你那眼神可以判个犯上罪。"斯波尔的眼神很敏锐。

新的对手发动突袭,一艘突击舰与"赫尔庇庑修号"进行了时空融合。

司令座舰桥响起短暂的警报,接着传来电磁投射炮齐射的振动。

突击舰转眼爆炸,爆炸产生的带电粒子是机雷无法比拟的。带电粒子数量庞大,扑向"赫尔庇庑修号"的感知装置。战舰仿佛在极近距离里被太阳风直击。

克法迪斯皱起眉,一旁的斯波尔却用手背挡着哈欠,嘟囔了一句:"唉,真是无聊。"

"斯波尔准提督,干得漂亮!"特莱夫赞不绝口。

敌军先头部队从正中被劈开,后方一片混乱。"弗图内"身处混乱的中心,保持着密集队形一路笔直推进。

"把所有机雷都送进这里。"特莱夫用指挥杖示意敌军先头部队的裂口,"绝不能让它再度合拢,不准对'弗图内'见死不救。"

"出现敌军时空泡群,方位〇一〇,距离三十,与我方航向交错,数量约三百。"

从战列舰部队后方出现的时空泡群试图压制"弗图内"的头阵。

"恐怕是敌军主力。"克法迪斯清楚地听到了身体里血液倒流的声音,"他们投入了所有预备战力,我们应该立刻进行回避!"

"拜托你,先任参谋,别在我的舰桥大呼小叫。"斯波尔的指挥杖指向平面宇宙的后方,"计算时间,看能不能赶上。"

无数的蓝色光点——我方机雷——正疾驰而来。

"是。"谁大呼小叫了?克法迪斯气鼓鼓地向思考结晶输入指令。

敌舰群延伸出一条红色虚线,机雷群则是蓝色,两条虚线交叉在"弗图内"预定位置的右前方区域。

"继续保持航向。"斯波尔命令。

"是。"克法迪斯虽然点了头,心里依然忐忑。

我方机雷从右侧赶超"弗图内"。

我方机雷与敌舰群相撞。

机雷尝试融合,敌舰则极力躲避。转瞬间,"弗图内"的右前方区域就成为双方的舞会现场。

敌舰队列被打乱,到处都是时空泡临终的惨叫,局部的高浓度区域接连生成。

捡回一条命……

克法迪斯放松了肩膀,这时才意识到自己刚才有多紧张。

有敌舰想离开舞会紧追"弗图内",但也接连粉碎。

不远处就是高浓度区域的中心,敌军的战列舰部队近在眼前。

"敌方战列舰部队在倾尽全力阻止'弗图内',对主力部队的威胁几乎为零。"卡休尔分析着战况。

"很好,全舰准备突击。"特莱夫当机立断,"'罗凯尔'负责击毁右方敌军先头部队,'瓦卡佩尔'歼灭左方,'比鲁迪弗'和'奇提尔'跟我来。再不抓紧,甜头就全被'弗图内'拿走了。"

敌军战列舰开始后退。

"真慢。"斯波尔的语气里透着怜悯。她站起身来,"就用半个舰队单位击破那些舰船。先任参谋!"

"在。"克法迪斯向前一步。

"我讨厌细枝末节的工作,你来给各战队指示目标。"

"是。"既然无聊,那就自己动手啊。克法迪斯把感想藏在心里，开始给各战队分配敌军战列舰的时空泡。

"对了，不用分给我们。"斯波尔说道。

"收到。"总之，克法迪斯先完成交代的任务，将输好的目标指示发送给通信参谋，这才问道："我们是预备兵力吗？"

"怎么会，我要拿下这个。"她指向平面宇宙图。在战场的大后方，停着临时编号六六一的时空泡。

克法迪斯调阅战况记录，发现六六一时空泡连一枚机雷都没发射过，"我认为这是大型运输舰，不必在意吧？"

"或许是伪装成运输舰的预备兵力，做出人畜无害的样子，最后再来攻我不备。我可不想让他们耍滑头，不如先下手为强。"

"是。"克法迪斯心想，的确有这种可能性。

"全体舰队确认收到目标指示。"通信参谋报告。

"很好。"斯波尔颔首，兴冲冲地挥起指挥杖，"全舰散开！烈焰的献祭这才进入高潮。我们是舞蹈女神，让他们见识一下最绚丽的舞姿吧！"

"弗图内"解除长方形编队，改为每三艘巡察舰为单位。有的组成三角阵，有的组成线型阵或斜线阵，向各自的猎物扑去。

拉开距离之后，泡间通信就无法使用。接下来的战斗中，斯波尔准提督仅能指挥旗舰以及两艘随同舰。

"传达给舰长，航向改为〇一五，保持完全移动状态。"

"赫尔庇虏修号"巡察舰率领两艘巡察舰,笔直驶过平行宇宙,向位于高浓度到低浓度过度区域的六六一时空泡袭去。

"六六一时空泡退后中。"导航参谋报告,"没有其他反应。可于舰内时间0718进行时空融合。"

"需要进入袭击阵型吗?"克法迪斯问道。

"不需要,就这样直线前进。"斯波尔用指挥杖轻敲着自己的脸颊。

不一会儿后,导航参谋报告道:"十分钟后可进行时空融合。"

"准备进行普通空间战。"斯波尔自言自语般地下达命令,接着看向克法迪斯,"如何?"

"您指什么?"克法迪斯不解。

"敌方没有发出投降信号。如果那是大型运输舰,现在应该已经选择投降。我的直觉是对的。"

"可是,到了这种关头,对方也没发射机雷,这又该如何解释?"

"我怎么知道?"斯波尔一句话打发了他的问题,"或许他们也有自己的考量吧。"

"六六一时空泡,发生时空分离!"导航参谋叫道。

"看吧,这不就来了。"斯波尔笑着点点头。

"是突击舰级单舰时空泡,共六个。航向三四五,距离十六,迎面而来。相对速度三七五天节[1]。"导航参谋补充道。

"你说什么?!"斯波尔收回了笑容,"不是机雷?"

"不是。"

斯波尔咬着唇,似乎颇为不满,"炮术参谋,告诉我还剩多少机雷。"

"本舰四台,'伯鸪庇庑修号'同样四台,'亥森庇庑修号'五台,共计十三台。"

"这种加法我也会算。展开前方机雷战,全弹发射,横扫敌军!"

三艘巡察舰时空分离出十三台机雷,十三对六,占有绝对优势。

疑似敌军突击舰的时空泡毫无招架之力。机雷攻击是突击舰的弱点。

三艘巡察舰若无其事地保持着航向。

"先任参谋。"斯波尔搭起话。

"什么?"

"你认为翔士最大的罪过是什么?"

"是反抗上官之类的吗?"克法迪斯不由得展现出讨好的态度,结果又自厌起来。

---

[1] 天节,指以时空泡内时间计算,一小时前进一天涅所需的速度。

"不对,是愚笨。"斯波尔的答案出乎意料,"再怎么有责任感,再怎么忠于命令,愚笨都无药可救。就像这种只拿六艘突击舰来对抗三艘巡察舰的蠢蛋。"

"确实。"克法迪斯颔首,这才明白司令官不快的原因。

"我的态度或许不怎么端正,可是并不蠢,不会让部下白白送死。"

"是的。"任谁都看在眼里,克法迪斯在心中低语,斯波尔的指挥远在水准之上。虽说还不习惯巡察舰部队是一方面原因,但他这个先任参谋几乎没起到任何作用。

"我的司令部里也不需要蠢蛋,本雷特帕纽大公爵虽然不挑游戏的对手,可是会挑玩耍的同伴。"

克法迪斯在"斯波尔红瞳"的凝视下冷汗直冒,"我会努力当好能干的玩伴。"

"我很看好你。"斯波尔微微勾起嘴角。

"一分钟后时空融合!"导航参谋喊道。

"目前仍无投降信号。"通信参谋补充。

"导航参谋!"斯波尔移开投向克法迪斯的视线,"调整为三舰同时进行融合。"

"收到。"

"通知全舰,一旦完成时空融合,所有电磁投射炮立刻开火。"她闭上眼专注于空识知觉器官,已经做好进行普通空间战的准备。斯波尔露出期待的微笑,"那么,这里面到底装着什么呢？真叫人期待。"

"时空融合倒数十秒……八、七、六、五……"导航参谋开始读秒，"四、三、二、一。时空融合！"

舰桥响起发射电磁投射炮的警报声。

克法迪斯空识知觉的感应区域一口气扩大，可以捕捉到前方的敌舰。那艘战舰虽然巨大，却很孤单。

"是投降信号！"通信参谋大叫，"电波通信发来投降信号……"

"停止攻击！"斯波尔听到一半就刷地睁开眼睛，然后站起身来，"通知全舰停止攻击。讨伐降兵有损斯波尔名誉！"

克法迪斯心想，应该说有损帝国或者星界军的名誉，最起码也是有损亚维的名誉。

命令慢了一拍，"亥森庇房修号"已经发射出电磁投射炮。不过，炮弹在抵达敌舰前就已自爆。

"真是的，怎么不用泡间通信，难道他们自以为能逃掉吗？"斯波尔嘟囔道，"通知'伯鸠庇房修'进行现场检查并接收敌舰。'亥森庇房修'跟我来。"

六六一时空泡的主人是艘大型运输舰。

确认之后，旗舰"赫尔庇房修号"与"亥森庇房修号"一起进行了时空分离。

"敌方战列舰部队几乎全灭。"克法迪斯报告了战况。

"是吗？"斯波尔随口应道，不过看得出难掩失望。

"还请指示航向。"克法迪斯说道。

"航向一六〇,完全移动状态,返回到我的舰队。"

"是。"克法迪斯将命令传达给舰长。

就在刚才,他几乎要对司令官另眼相看——肯定是一时着魔。现在,克法迪斯起码有两三处要抱怨。

"你的眼神属于犯上罪。"斯波尔用指挥杖指着克法迪斯的脸,厉声说道。

"是。"克法迪斯判断眼下还是闭嘴为妙。

斯波尔随后陷入沉思。她察觉到克法迪斯欲言又止的表情,似乎忽然感到有必要做出辩解,不禁抓乱了精心梳理的苍蓝色头发,"我的直觉偶尔也会出错。"

战斗结束了,战场上只剩下我方舰队和投降的敌军。

"'弗图内'派来了联络艇。"卡休尔千翔长报告道。

"嗯。"特莱夫颔首,"说什么了?"

"说是俘虏了敌方官僚团。"

"好极了,这是大收获。不过,官员为何会上战场?"

"据闻'人类统合体'有这样的习惯,会派督战官、报道官等官员共赴战场。他们都在靠近史法格诺夫门的大型运输舰上。"

"噢。"真是搞不懂"人类统合体",特莱夫在舰桥踱来踱去,不过他发现这是自寻烦恼,于是停下了脚步。

"总之,不管怎么说,是我们赢了。"

"是的,这是理所当然的结果。"

"太过理所当然,没什么意思,不过赢了总归是好事。下令全体舰队集合。"

"遵命。"

"接下来,'弗图内'还有一项工作:进行补给后立刻前往史法格诺夫门,如果没有残存势力,就单独镇压侯国空间区域。另外,这场战斗出力最少的是谁?"

"各个分舰队都尽到了职责……"

"我知道,并不是要责备谁,赶紧评判。"

"硬要说来……"卡休尔歪着头,"'比鲁迪弗'的击毁率略低。"

"嗯,这样啊,那就让'比鲁迪弗'留下打扫残局。"

"好的。"

特莱夫舰队最终确定的主要损失如下:

被击沉:

护卫舰 二十四艘。

突击舰 十七艘。

巡察舰 一艘。

受重创:

护卫舰 五十一艘。

突击舰 四十七艘。

巡察舰 五艘。

受轻伤：

护卫舰 九十五艘。

突击舰 一百一十七艘。

巡察舰 十九艘。

战列舰 七艘。

遭到击沉及重创的舰船合计一百四十五艘。舰队行动中，轻伤舰船可以由工作舰进行修理，所以特莱夫舰队的舰籍簿上被划去的只有这一百四十五艘。虽然绝不是小数目——尤其是对这些损毁舰船的乘员及其家属而言——不过还不至于影响舰队整体的作战能力。

与之相反，"人类统合体"维持和平军A派遣舰队的近九百艘舰艇里，能够继续行动的只余二十七艘。而这二十七艘已经悉数投降，被星界军俘获。

帝国星界军获得了压倒性的胜利。

遭到重创的舰艇会接受应急修理，无法单独航行的将由工作舰从旁牵引，连同俘获的敌舰一起返回帝都。

等战场善后告一段落，"凯尔迪朱号"旗舰发射出两枚机雷，不过，内封的并不是反物质炸弹，而是花束。

时空泡生成装置耗尽燃料,机雷化为时空粒子四散的刹那,特莱夫提督下令为敌我双方的战死者默哀。

接受默哀的死者几乎都在敌方,这实际上是亚维的胜利宣言。

星界的纹章 III

4

帝国的战场

"你以为我们是梦想家吧?"玛尔卡说道。

"咦?怎么说?"杰特装傻。

这里是距离古佐纽市一千威斯达珠[1]的山里。

比尔还有工作——送货途中不见了会让人起疑,再说他也有自己的生活——所以没跟来。在主干道旁,除比尔以外的四名克拉斯比鲁反帝国战线成员:玛尔卡、送葬人、敏、达斯瓦尼,加上杰特和拉斐尔,一起换乘了步行器,正在往山上爬。

八条腿的步行器载着六个人,只靠稀疏的落脚点攀登着山体的斜坡。不过好歹算是有路可走,因为唯独这里没有满山都是的茂密爬山虎和杂树。

坐着步行器就像身处没开重力调节的飞船上,虽然座席在极力保持平衡,可是姿态控制系统有时来不及应对斜坡的角度,还是会上下颠簸。

尤其是送葬人,他一脸铁青,仿佛随时要将胃里的东西播撒回史法格诺夫恒星。至于宇宙里长大的拉斐尔,自然是一脸清爽。

杰特不时也会感到胃部的翻涌,不过并不严重。

"这位大小姐,"玛尔卡扬着下巴示意拉斐尔,"就算拿你当人质,帝国也不会批准我们独立吧?"

---

1. 威斯达珠,作者自创的亚维世界计量方式。1威斯达珠=100米。

"怎么，原来你知情吗？"拉斐尔像是松了口气，"我还担心你们蒙在鼓里。"

"既然如此，那你们干吗还拿我们当人质？"杰特问道。

"是宇宙飞船，"玛尔卡说道，"我们想要宇宙飞船。"

"可是，敏……"杰特正想说，敏不是表示过希望独立吗？

"是路线不同。"敏并不在意，"我们当中存在两种路线。"

"没错，敏主张一口气拿下独立，而我倾向于一步一个脚印。再怎么说，帝国也不可能为了换一条命就同意独立。硬要说，就是梦想主义和现实主义的区别。"

"这我可不同意，要知道……"

"若想乘坐宇宙飞船，成为国民即可。"拉斐尔给突然爆发的路线冲突找了个台阶。

"所以说啊，亚维大小姐，呕。"送葬人捂着嘴忍住反胃的冲动，这才继续说道，"我们并不是想乘坐宇宙飞船，而是想拥有它。想要我们可以自由支配的，呕，宇宙飞船。而且不是什么星系内的低端船，是可以尽情来往各个星球的那种。"

"绝无可能。"杰特还来不及阻止，拉斐尔就脱口道出真相，"帝国的星际飞船皆属于皇帝陛下，由帝国进行管理。即便是大贵族，也无权拥有私人星际飞船。"

玛尔卡眯起眼,"可是,有各种公司和诸侯的飞船停靠宇宙港,你骗不了我。"

"那是租借而来的,"拉斐尔解释起来,"包括船员也由帝国商船团提供。借方自然能够自由选择飞船大小及租期,不过商船团握有船员的人事权。"

"怎么可能……实话告诉你们,我也研究过帝国法律,没有任何一条法规禁止星际飞船私有化。"

"贵族与帝国之间存在众多约定俗成的默契,并未写入成文法律。"

"真是的,呕,服了帝国的保密主义!"

"并非保密,"拉斐尔很诧异,"只是你们知道也无济于事,不是吗?"

"这么说,呕,我们的梦想怎么办?!"

送葬人说完,没有任何人开口。可怕的沉默笼罩着座席,只剩步行器的嘎吱声。

"这个,要怎么办呢?"杰特坐立不安,"那什么,你们要是不想拿我们当人质了,直说就是,我们会——"

"闭嘴。"玛尔卡用两根手指支着额头。

"怎么说……"杰特感受到良心的苛责,"我们确实没料到你们真正的目标……毕竟你们也没说明白……"

"叫你闭嘴了。"

"这么说,在你看来,"敏定睛看着杰特的脸,"争取星系独立反倒比获得宇宙飞船容易?"

"实在没想到你们是认真的……"

"没想到我们是认真的?! 哼,我痛恨开玩笑。"

"都别吵了。"玛尔卡拍手示意大家住嘴,"行了,走一步看一步吧,凡事都有例外。"

前方逐渐能看到一座球形建筑,在山腰上反射着史法格诺夫恒星的光芒。

"请问,那就是目的地吗?"杰特指着建筑,试着挽救压抑的气氛。

"原本是目的地。"敏说道,"那是我的别墅,本来是想把你们关起来,可是不知道你们现在还有没有这种价值。"

"你们大可慎重考虑,我都无妨。"拉斐尔说道。

"你们这些亚维是真的傲慢。"送葬人甚至忘了反胃的不适。

"她有时是不太好相处,"杰特为拉斐尔说起好话,"各位别往心里去。"

"我一直非常亲切!"杰特好心打圆场,但拉斐尔似乎并不领情。

"看吧,"杰特把嘴凑到送葬人耳边,"而且毫无自觉。"

"你也不容易啊。"送葬人带着同情看向杰特。

"你们在说什么?"拉斐尔皱起眉头,很是怀疑。

"快看!"玛尔卡忽然大叫。

顺着她所指的方向，山上出现了两个物体，悬浮着向他们驶来。

"敏，你还买了那种玩意儿？"

"不是我的。"敏有些狼狈。

物体在众人的注视下，一前一后夹着步行器着陆了。

"是'人类统合体'的装甲空中机动士兵运输艇。"拉斐尔读着物体上的文字。

运输艇的门开了，十来名士兵向他们跑来。

"各位公民，报上名来！"指挥官模样的军官将翻译机的音量调大后说道。

"你们怎么不报上名来？！"敏从座席上站起来大叫。

"不好意思。我是'人类统合体'维持和平军、史法格诺夫地上派遣军团RC辖区宪兵队的亚朗加宪兵少佐。现在能请教你们的尊姓大名了吗？"

"我呢，"敏指着别墅，"是那儿的屋主。正打算跟朋友们一起快活地开个派对。"

"这么说，你就是独立党成员公民敏·克尔萨普了？"

敏有片刻的畏缩，不过还是说道："是前任成员，我三年前就退党了。"

"总之，你就是公民敏吧？"亚朗加确认道。

"嗯，是我。"

"公民敏，"亚朗加宣布道，"你被捕了。你的朋友们也需要配合调查。"

"凭什么抓我?!"敏脸色苍白,"我犯什么罪了……"

"从你的别墅里发现了大量武器,还望你把个中缘由交代清楚。"

敏别过头辩解起来:"大量武器的说法也太夸张了,我确实有几把短针枪和麻醉枪,哪里至于……"

"这是闹哪出……"玛尔卡摇着头,困惑不已。

"我们有极其充分的理由怀疑,你们独立党是为帝国进行反动抵抗运动的地下组织,需要就此深入地询问你们一些问题。如你们所见,抵抗没有意义。"亚朗加向端着枪的士兵们示意。

"这是天大的误会。"送葬人懊恼地嘟囔着。

可是,现在一行人中就有亚维,如果被抓,恐怕不会有任何人相信他们的说辞。

克拉斯比鲁反帝国战线的成员们陷入了极其不利的境地。

当然,如果情况变糟,杰特和拉斐尔也脱不了身。

杰特看向拉斐尔,她右手正握着什么东西——是两只凝集光枪的光源弹匣。

拉斐尔将其中一只弹匣移到左手。

滋滋滋的微小声响传了出来。

完了,杰特瞬间反应过来,拉斐尔打算在这里开战!

杰特正要伸手阻拦，拉斐尔却没给他机会。只见她双臂交叉在胸前，如同飞鸟振翅般猛地一挥。

两只光源弹匣呈反方向画出抛物线。

拉斐尔对重力的适应能力让人目瞪口呆，一只弹匣分毫不差地命中前方运输艇的装甲，另一只则掉进了后方运输艇敞开的门里。

然后传来类似肚子叫的咕噜声，接着前后闪过强光，继而爆炸声和惨叫声交错着响起。

"我的老天……"敏呆呆地低语道。

"跑！"拉斐尔大叫一声，第一个跳下步行器。她手里已经握着凝集光枪了。

用不着提醒，杰特已经抱着布包滚到地上，其余四人也跌跌撞撞地下了步行器。

"去那儿！"拉斐尔把凝集光枪当作指挥杖指向灌木丛。

六个人冲进了树丛。

亚朗加怒吼着下了不知什么命令，步行器转眼就被打得粉碎，树木也倒在火力之下。

拉斐尔精准地一枪放倒亚朗加，下令："动作快。"

杰特一边扒开缠绕的爬山虎和树枝，一边拼命狂奔。就在他身后，不断有树木被子弹轰飞，或是燃烧起来。他既痛心环境遭到破坏，又生怕下个被破坏的就是自己。

"该死的亚维，"敏的咒骂声传了过来，"这下，我就成通缉犯了!"

"先住嘴,稍后听你抱怨。"

眼下的气氛的确不适合促膝长谈,敌军士兵已经逐渐摆脱混乱,燃烧起复仇的烈火。

"可恶,跟我来。"敏指示道。

敏应该最熟悉附近地形,奇妙的六人组由他带路,在树丛中飞奔。

"看!"寡言的达斯瓦尼激动地指着上方。

其中一台空中机动士兵运输艇还有口气,摇摇晃晃地浮在半空。运输艇下方设有炮塔,正威严地俯视着地面。

枪口对准这里之后,六人周围的树木瞬间燃烧起来。

"这边!" 敏从烈焰的间隙向众人招招手,眨眼就不见了。

杰特上前一看,只见地上开着个洞,刚好够一个人往下钻。

"快来。"杰特把拉斐尔塞进洞里,自己也跳了下去。

没想到洞穴很光滑,他一滑到底,最后有种轻微的失重感,接着就被某种有弹力的东西接住了。

"快闪开!"是敏的声音。

杰特赶紧往声音的方向滚去。

紧接着就是东西坠落的扑通两声。

"痛死了。"送葬人抱怨道。

杰特这才终于想到凝集光枪，连忙从布包里取出来，调成照明状态照亮了四周。

原来，这是一个洞窟，直径约有一人高。杰特旁边放着巨大的缓冲垫，他刚才就摔在垫子上。

送葬人和达斯瓦尼正在缓冲垫上抱作一团，两人喘着粗气下了地。

"人都到齐了吗？"敏确认道。

"看来是的。"玛尔卡说道。

"那就走这边。"敏指着洞窟深处。

"啊，先等等。"杰特用凝集光枪击中缓冲垫。

垫子破开，流淌出黏稠的液体，立刻失去了弹性。

六人向洞窟深处进发。

"这里是？"杰特问道。因为要给前方照明，他和敏并肩走在最前面。

"熔岩隧道。这颗行星还很年轻，就在几亿年前，整颗星球都流淌着熔岩河，后来就留下了这些隧道。"

"可是，刚才滑下来的地方……"

"当然是我以防万一挖的逃生通道。这种事不重要。"敏失去了冷静，"我被你们害惨了。这下他们不仅知道我的名字，还硬说我在帮帝国！真是奇耻大辱。"

"我道歉，"身后传来拉斐尔平静的声音，"抱歉将你们卷了进来。可是，我们不能轻易被捕。"

"从前啊，我认识一个从二楼往荆棘丛里跳的家伙，"送葬人语气阴沉地讲述起来，"明明又没遇到火灾。不用说，那家伙浑身是伤。虽然不严重，不过还是被抬进医院泡在组织再生促进剂里，痛得呜呜叫唤。我去探病的时候问过他，干吗做这种蠢事……"

"你到底在说什么？"玛尔卡有些烦躁地质问他。

"结果怎么着，"送葬人无视了问话，"他居然说自己记不清细节了，当时只觉得是个好点子！"

"你到底想表达什么？！"

"没什么，只是一下想到而已。"

"啊，我知道你想说什么了。"玛尔卡一声长叹，"真的，我们怎么会以为拿亚维当人质是个好点子？现在可好，我这个支部领导怕是要被撤职了。"

"前提是能保住小命。"敏说道。

洞窟前方出现了岔路。

"往右，"敏指示道，"会通往干流。"

右转之后没多久，从大后方传来了整齐的脚步声。

"追来了。"玛尔卡低语，"杰特小弟，关上灯！"

"嗯。"杰特照办。

接下来只能靠手摸索着前进。

不久，又是一处岔路，敏毫不迟疑地选择了一个方向。

"如此下去能逃脱吗？"拉斐尔问道。

"能。只要抵达干流，就可以进入别的支流，那里有很多通往地面的洞穴。"

"既然如此，你们先行即可。我俩断后。"

"你说什么?!"有人停下了脚步。

"不能再让你们涉险，你们走吧。"

"真是的，你也太会摧残别人的自尊心了。要知道你们是人质，哪个世界的绑匪会让人质来救⋯⋯"

"不，送葬人，"敏劝说起来，"这样下去我们的确只有死路一条，那帮人不会善罢甘休。"

"正是，你们抓紧撤离。"

"虽然我对亚维有不少意见，不过你们确实知道该怎么负起责任。"玛尔卡叹气。

黑暗里有一刹那的沉默。

"好吧，我们走。反正不管怎么劝，这位大小姐也不会让步。"

"正是。"拉斐尔表示认可。

"我也，留下。"达斯瓦尼嘟囔着表明决心。

"感谢你。不过，你没有武器，留下也毫无意义。并且，这里是帝国的战场，不可牵连你们。"

"走吧，达斯瓦尼，这位大小姐说得对。"

"该死，真是屈辱透顶。"送葬人发起牢骚。

"抓紧时间，敌人已逼近。"

受回声影响,不好准确判断敌我距离,不过脚步声确实在逼近。

"好吧。先走一步,如果能活下来,到时再见吧。"玛尔卡匆匆道别。

"再次感谢你们。"

"哼,还是免了吧,"送葬人嘴上不饶人,"是我们绑架了你们。"

随后,杰特在黑暗中感受到四人渐渐走远。

"杰特,在吗?"

"那还用说,"杰特来到公主身边,"你总不会连我也要赶走吧?"

"嗯,"拉斐尔带着笑意说道,"虽然你枪法糟糕透顶,但总比没有强,起码能为我挡子弹。"

"真是的,"杰特苦笑,"你真的十分擅长鼓舞人心。"

"给我电子手环和头环。"

"啊,对哦。"

杰特将凝集光枪的功率调到最弱,照亮身边,从布包里取出电子手环和头环,以及剩余的所有光源弹匣。总共有八只,他和拉斐尔一人一半。

"看吧,幸亏没埋起来。"拉斐尔戴上头环,一脸得意。

杰特又是一番苦笑,拉斐尔的确有得意的权利。

接着杰特关上灯,将枪调为射击状态,单膝跪地等着追来的敌人。

洞穴很窄。不过枪战和人数多寡无关,在他们用尽光源弹匣前,足以消灭敌兵。

可是——

"如果他们使用重火器就麻烦了,我们会被活埋的。"

"大可放心,"拉斐尔信心十足,"群星的眷属是不会死在泥土下的!"

"你这到底是有说服力呢,还是没有呢?"杰特在黑暗里耸耸肩。

接下来,他们就要以命相搏了,杰特却分外安心。

星界的纹章Ⅲ

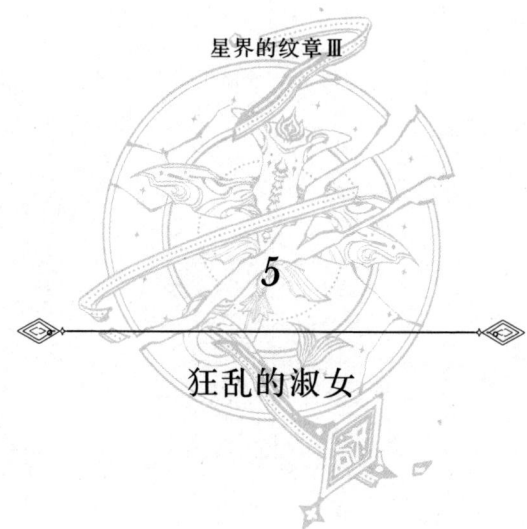

5
狂乱的淑女

"被抢先一步啊。"恩特琉亚点上烟。

眼前,"人类统合体"的装甲空中机动士兵运输艇正冒着黑烟。光瞧这阵仗,有人受伤也不奇怪,但并没看到伤员。据说,伤员已经先被送往战地医院了。三名士兵在运输艇周围圈起绳子,皱紧眉头瞪着恩特琉亚一行。

"他们怎么找到这儿的?"凯特想不明白。

"我还想问呢,要不你去问问那些大兵?"

"好啊。"凯特向士兵们走去。

就在一小时前,他们才从旅馆经理的供述中推断出克拉斯比鲁反帝国战线古佐纽支部的成员。

搜查员突击了成员们的住处、工作地点等相关场所,其中就有这里——敏·克尔萨普的别墅。

目前为止,各个相关场所都没发现任何成员,更别说亚维了。不过,毫无疑问,在这里发生的事情非同小可。

凯特跑着回来了。"他们说,公民敏·克尔萨普是独立党成员,而且是相当高层的干部级别,于是着手搜查他的别墅,结果发现大量的武器弹药……"

"你说什么?"恩特琉亚皱起眉,他用思考结晶网大致查过成员资料,"敏三年前就已经退出独立党了。"

"看来这条信息并未受到重视。"凯特耸耸肩,"我能继续往下说吗?"

"请讲。"

"总之,当时他们正在拉警戒线,公民敏带着几名同伴出现了。上前盘查他时……"

"发生了枪战吗?"恩特琉亚重新看向四周。

被击中的树木还冒着烟,运输艇旁散落着一地零件,看起来原本是台步行器。

"动静也太大了。"

"可不是。"

"那除了敏呢?同行的有亚维吗?"

"关于这点……"凯特好像有些难以启齿,"他们把人放跑了,所以不清楚。"

"把人放跑了?"恩特琉亚不禁怪叫。他正准备大骂凯特,不过忽然想到两点:第一,凯特并不是他的部下;第二,人被放跑也不是凯特的责任。于是他改成了讥讽:"看来你们也没多大能耐,只有装备够充足而已。"

"实属惭愧。"

"那他们往哪儿逃了?"

"这……他们也不清楚。"凯特用动作示意士兵们,"都是事后才派遣来的,并不知道详情。"

"没做好交接吗?"

"获取相关信息必须拥有C级机密阅览资格。"

"你没有吗?"

"有,正要看呢。"

"那就好。"恩特琉亚把烟屁股扔到地上踩灭，又重新叼起一根。

凯特看着通信器的画面，不知低语了些什么。很快，信息被调出，他朗读起来："公民敏及其同伴共六人，于军队标准时间0817，经RC193-401地点逃至地下。期间，含亚朗加宪兵少佐在内，共四人死亡，十二人负伤。另有八人在姆哈梅德夫宪兵中尉的指挥下展开追踪。军队标准时间0830，宪兵队司令部向地区管理司令部请求增援。作为回应，地区管理司令部于军队标准时间0855，派出斯利特大尉指挥的三个步兵小队。增援部队于军队标准时间0914抵达现场，目前正徒步进行追踪……"

"军队标准时间是什么玩意儿，跟我们的时间不一样？"

"是的，现在是军队标准时间0935。"

"要慢二十一分钟啊。"恩特琉亚伸了个懒腰，看来是过劳了，连背都在痛。说起来，他有多少天没睡过好觉了……

"如何？我们也去地下吗？"

"这可算不上好点子，跟在军队屁股后头，我们也捞不到好处。"

"那要放弃吗？"凯特眼中带着不甘。

"这倒不至于。"恩特琉亚心想，就再奉陪半天吧，"他们逃进了古佐纽大洞窟，那里一直都是罪犯藏身和小孩子探险的好去处。所以对警察来说，就像常逛的商店。甚至于，我们都管古佐纽市的那帮警察叫'钻洞的'。他们有相当详细的情报可供我们使用。"

"那……"

"没错,我们可以到前面守株待兔。当然,如果亚维在洞里就被抓了,又要另当别论。你的伙伴们没忘动用气味或者热源探测设备来追踪吧?"

"应该不会有问题。"

"那肯定能掌握亚维的行踪。你知道追踪部队现在的位置吗?"

"是的,"凯特振奋起来,"当然知道。"

"很好,那就顺着这条路线走吧。"恩特琉亚做了个深呼吸,"只是,我丑话说在前头,如果那伙人里没有亚维,可怪不了我。"

黑暗中浮现出微弱的发光文字,这是在使用电子手环的热源探测功能。精确度当然不比专用仪器,不过仍能显示出大致的距离、方向和热量。

"很近,"杰特低语,"最多就一千达珠。"

"嗯。"

敌人没有使用照明设备,想想也是理所当然,他们肯定配备了诸如夜视镜之类的装备。也就是说,敌人能看到他们。即便拉斐尔有空识知觉,依然免不了处于被动地位。

从拉斐尔所在的位置传来滋滋的声响。她似乎有所动作。

与此同时，无数火光撕裂黑暗！

由于他们躲在岔路深处，子弹飞不过来。不过，洞窟边缘被子弹削去，引发了小型爆炸。岩石的碎屑哗啦哗啦地往下落。

"趴下。"拉斐尔的声音里透着急迫。

杰特刚照做，剧烈的爆炸声骤然响起。拉斐尔扔出的光源弹匣瞬间释放出能量。

黑暗被强光冲散，洞窟里的温度升高了好几度。

火力暂时中断。

"跑起来。"

杰特向更深处跑去。在刹那的光照下，他看到不远处就有一个小小的洞口。没跑几步，洞窟又被黑暗笼罩。

"停。"来到小洞口附近时，拉斐尔说道。

"在这里迎击？"杰特的声音在发抖，他先是惭愧，不过转念一想，这才是普通人该有的反应。

"嗯，没错，你单膝跪地端着枪即可。"

"好。"杰特照办。

拉斐尔伸出手，为他调整好枪口方向。

"听我信号，只需上下摆动保持射击状态即可。"

"我知道，只是，向看不见的敌人开枪有些心虚。"

"即使能看到,以你的枪法也打不中。"

"感谢你准确的评价。"杰特无奈道。

"开枪!"拉斐尔用空识知觉捕捉到敌人,马上开始射击。

杰特慌忙扣紧扳机,上下晃着枪口。惨叫声传了过来。

哇,我正在用枪打人吗?

或许这就是战场上的心态吧,恐惧驱使着杰特继续扣动扳机。

黑暗里看不到凝集光本身,不过人体被击中时会闪现出光点,这些微光进一步照亮了乱作一团的敌军士兵。

他们采取了便于瞄准的姿势进行射击,敌军却做不到,这种差距最终体现在战果上。

当然,敌军就算姿势相对不利,也并非等着当靶子。火力袭来,削落了洞窟壁上的花岗岩。其中一串连射,就在距离杰特不到十达珠的位置擦过。

火光在洞窟边缘蠢蠢欲动。杰特瞄准那里一通扫射。伴随着惨叫,敌军的枪被打飞,枪上似乎还连着什么。

杰特口干舌燥。我宁愿用爵位来交换一杯凉水——这是他的真心话,爵位充其量不过如此。

死亡的光辉微微照亮洞窟,敌兵在昏暗中一挥手,有东西随之飞来。

"杰特!"拉斐尔一脚踹上杰特的右侧腹。

杰特立刻领会了这一踹的含义，赶紧滚进小洞窟里。

紧接着，拉斐尔也滑进洞里。

"往里。"杰特和拉斐尔挤在一起向洞窟深处跑去。

忽然，爆炸产生的气浪狠狠冲向他的后背。

杰特往前一摔，差不多滚了两圈。

这下他才切身体会到，光源弹匣充其量不过是炸弹的替代品，比起真正的手榴弹，其威力只相当于惊吓玩具。

气浪践踏着他的后背。

"好烫，该死。"杰特咬紧牙关。他趴在地上，拼命往前爬。身后传来大量土石坍塌的声音。

洞窟塌方了。

"动作快！"杰特总算成功地站起来，一把救起拉斐尔。

塌方还在继续，连杰特肩上也落满了风化后变脆的火成岩。

塌方总算告一段落。

杰特回头望向身后，除了一片黑暗，什么也看不见。

"怎么样了？"杰特选择借助拉斐尔的空识知觉。

"洞窟已被封堵。"

"当真？"

"我为何骗你？"

"这倒是。"

杰特把枪调至照明状态，洞窟已经完全被封死，估计是上方的地面发生了塌陷。他开始烦恼该怎样理解眼下的状况。

敌人被隔在另一端,他们可以说是得救了。不过,这个洞窟很可能根本没有出口,他们等于是被活埋进了宽敞的墓室。

"总之,"杰特说道,"先往里走吧。"

"只能如此了。"

直到这时,他才发现布包弄丢了。

算了,杰特认了,反正光源弹匣和现金这些贵重物品都已经转移到了衣兜里。

凝集光枪的光源弹匣就快见底,杰特换上新弹匣,向黑暗深处进发。

"发现敌舰!方位105-010,距离0.12光秒,相对速度每秒217.5威斯达珠,舰艇数约二十艘。"

克法迪斯的空识知觉捕捉到克拉斯比鲁行星。行星周围是"弗图内"侦察分舰队的巡察舰群。与此同时,敌舰的影子正从行星上升起。

敌舰群的目标明显是"弗图内"后方——也就是史法格诺夫门。

"敌舰舰型核对完毕,大型运输舰十二艘、巡察舰一艘、突击舰六艘。"炮术参谋报告,"判断我军胜率为0.987。"

"要进行劝降吗?"克法迪斯询问司令官斯波尔准提督。

"不需要。想投就投,这么简单的道理,他们也该懂了。"这就是斯波尔的回答,"废话少说,准备普通空间战,发布第五种密集队形指令。"

"收到。"克法迪斯把斯波尔的命令落到实处。

然而,敌舰依然没有改变动向,继续沿着克拉斯比鲁星重力造成的空间形变往上攀升。

"来自敌舰的联络,"通信参谋报告,"是立体影像通信,时差0.23秒。"

"接通。"

影像出现在司令座舰桥内。

克法迪斯很是意外,他本以为会是敌军的高级军官,可是立体影像上显示的却是男性亚维。对方一身脏衣,也没戴头环,不过一看空识知觉器官和紫绿色的头发,以及俊美的面孔,便知道他只可能是亚维。

"哎呀,雷特帕纽大公爵,原来司令官是你吗?"他露出虚弱的微笑,"真巧。"

"好久不见,史法格诺夫侯爵。"斯波尔寒暄道,"没想到会从敌舰接收到你的通信,这是怎么了?"

"说来惭愧,现在我是被囚之身。他们威胁我传话,否则将当面杀死我的孩子。"

"是吗?"斯波尔面露愠色,"那就请传话吧。"

"这支舰队载有二十一名亚维,包括我的家人、家臣,以及通信舰队的翔士。若想保全我们的性命,就别发动攻击。并且,要保障舰队在平面宇宙能够安全航行。"

"如果答应条件,他们会怎么处置你们?"

"恐怕会被送进俘虏营之类的设施吧,大公爵。"侯爵仿佛在自言自语,"他们已经被逼到绝路,不得不相信这种威胁能起效。"

"很有意思。"

"可不是。"侯爵颔首,"雷特帕纽大公爵,就此别过,履行你的义务。保重。"

"保重,侯爵。"

立体影像消失了。

"侯爵是真的惹人厌。"斯波尔焦躁地咬着小拇指的关节,从特别定制的长沙发上站起身,"通信参谋。"

"在。"

"回复敌舰。"

"需要立体影像通信吗?"

"语音就行。"

"收到。发送准备完毕,请发言。"

"我是'弗图内'侦察分舰队司令官斯波尔准提督,"她朗声道来,"你们可以切身体会星界军的宽容。给你们一个投降的机会,期限是双方距离缩短到0.08光秒为止。当然,最起码的条件是不准动我的同胞一根手指。重复一次,星界军宽宏大量，即使你们错过投降的机会，我们仍会为你们准备更加甜美的命运——你们大可品尝着与亚维贵族共同赴死的荣誉，直到分解为粒子！原本构成你们身体的原子，将随着伟大的银河旋涡，有望在数亿年后降回你们故乡的地上世界。"

舰桥肃穆无声。

"另外，给麾下全舰发送信息，明文即可。"

"收到，准备完毕。"

"距离0.08光秒时开始攻击。展开攻势后，不必再理会敌军发出的任何投降信号，将他们彻底歼灭，连逃生舱也绝不放过。一切责任由我雷特帕纽大公爵承担！"

"慢着。"克法迪斯来到司令座前。

"干吗，先任参谋?!"斯波尔不快地耸起肩。

"讨伐降敌有损帝国和星界军的名誉。"

斯波尔那对仿佛正在燃烧的红瞳瞪着先任参谋。

克法迪斯拒绝就此退让。"或许这轮不到我插嘴，可是'金色鸟'的纹章也会因此染上污点。"

这句话看来奏效了。

斯波尔顿时失去力气——至少在克法迪斯看来是如此——她跌坐到司令座，像是重新考虑起来。

可是，当克法迪斯再次看向斯波尔时，发现她红到刺眼的双唇正勾着妖异的笑意。

克法迪斯百翔长寒毛直竖。如果猫的表情更丰富些，在玩弄猎物时绝对会浮现出这样的笑意。

"是啊，先任参谋。攻击降敌不够优美，还是算了。"

"是，感谢您接受建议。"克法迪斯谨慎作答。

"对了，能按照我喜欢的方式移送俘虏吗？"

"当然，阁下是这里的最高级别指挥官。"克法迪斯不明白她为何要像这样明知故问。

"很好，估计敌军总共有多少人？"

"既然有十二艘大型运输舰，假设主要装载的都是人类，应该有两万五千人。"

"是吗？一艘'达尔斯'级运输舰能装下吧？"

"也不是不能装……"克法迪斯皱起眉头。

他愈发不能理解司令官在打什么主意。"达尔斯"级是侦察分舰队随行的小型运输舰，也用于运输士兵，不过定员为一千五百人。就算节省居住空间，让全员进入冷冻睡眠状态并塞到一起，最大限度也就容纳一万人。如果硬要装进两万五千人，恐怕会无立锥之地。而且，既然是移送俘虏，还必须算上警卫从士。

"那你算算。用'达尔斯'级运输舰装两万五千人，并且只经由普通空间移送至帝都拉克法卡尔，按船内时间需要多久？不用考虑减速，燃料可以全部用于加速，加速度为两个标准重力。"

"只经由普通空间吗？！"克法迪斯忍不住反问。

"没错,快算。"

他只好计算起来。

"距离敌军0.1光秒。"传来提示性的报告。

克法迪斯用电子手环调出"达尔斯"级的详细数据,斟酌着两万五千人所必需的食物和饮用水的质量,推算出加速时间和最终速度。他一边留心着银河自转速度,一边用到帝都的距离除以速度,再乘以时间膨胀率……

结果和预想的一样,数字大到令人咋舌。

"大约需要五万八千三百年……"

"是吗?"斯波尔不为所动,"要花这么长时间,俘虏们也不开心吧?"

"那是当然……"

"那就帮他们缩短时间吧。不需要时空泡生成装置,姿态控制装置也没必要,船员也别派,顺便把重力控制装置拆了。即便这样,还是挺沉啊。你算上食物和饮用水了?"

"算了一年的量,并搭载最小限度的水耕农场,供之后的饮食……"

"农场设施是多余的,一起删掉。"

"那不如把短期的食物、饮用水,还有空气净化设备全省了?"克法迪斯自暴自弃。

"别傻,这样俘虏岂不是会死?如此残忍的事,我可做不出来……好了,这样应该轻多了吧?"

"我认为变化不大……"

"重新计算。"

克法迪斯只好照办,"需要约四万九千一百年。"

"瞧,我没说错吧,这样就节省了将近一万年,任谁也不会说变化不大。"

"呃,话是不错……"

"通信参谋,"斯波尔扬起指挥杖发出指示,"通知全舰,明文。命令有变,任何情况下都要尊重投降者的意愿。只不过,战斗开始后才选择投降的那些人,会经由普通空间被移送至帝都拉克法卡尔。为了节省时间,用于移送俘虏的运输舰将省略时空泡生成装置、重力控制装置、姿态控制装置等设备,也不会配备船员。移送时,会为俘虏提供一年份的水和食物。抵达时间受俘虏人数影响有所浮动,大致预计是在四万九千年后。补充一句,用于移送的运输舰定员为一千五百人。完毕。"

"慢着,阁下!"

"先任参谋,闭上嘴。"斯波尔的语气不容辩驳,"这是最终决定,继续进言就视为犯上。"

"狂乱的淑女……"克法迪斯不禁脱口而出。

"哈哈哈哈哈!"斯波尔握着指挥杖,用手背掩着嘴笑了,"我喜欢这个称号!"

克法迪斯无言以对。

"距离敌军0.09光秒。"

克法迪斯始终站着,用空识知觉注意着逐渐提高相对速度而逼近的敌舰。忽然,相对速度的增速放缓,只有"弗图内"还在加速。

"敌军停止加速。"导航参谋的报告印证了克法迪斯的空识知觉。

"是投降信号。"通信参谋报告道,听起来似乎松了口气,"敌军要求宽大处理。"

克法迪斯呼地吐出肺里积存的热气。

"这是自然,"斯波尔似乎感到意外,"我对待俘虏从来都很宽仁。"

克法迪斯心想,如果刚才所说的处置也叫"宽仁",我可不想被这样对待。

"让他们放宽心,会经由平面宇宙移送。不用说,保证旅途舒适。如果运气和态度够好,就算不变成原子,也有机会作为交换俘虏重新踏上故土。"

"这就传达。"通信参谋面向控制台开始通信。

"先任参谋。"

"在。"被点名的克法迪斯紧张起来。

"我不喜欢细枝末节的工作,劳烦你……"

"明白,这就指派舰艇进行现场检查并接收敌舰。"

"你也开始懂事了。"斯波尔用指挥杖的尖端抵着脸颊,

"不过,你要记住了,我不喜欢说话时被人打断,尤其是在下命令时。"

"万分抱歉。"

"那就去办吧,选第二和第三舰队。"

"收到。"

"其余舰队镇压克拉斯比鲁星上空,懂了吗?"

"明白。"克法迪斯举手敬礼。

两小时后,"弗图内"侦察分舰队抵达克拉斯比鲁星上空二十赛达珠处。

进行地表侦察时,他们惊讶地发现,星球上配备了大量"人类统合体"的地上作战部队,俘获的运输船上乘坐的只是极少部分。

"弗图内"并不具备地上作战能力——老实说,直接把整个行星化为熔岩块倒是轻而易举——只好从上空对敌军进行劝降,要求领民恢复秩序。

然而,通信遭到强大的干扰电波妨碍,无法判断是否传达至地面。

"弗图内"防范着来自地面的攻击,等待地上作战部队抵达。

"何必垂死挣扎?"斯波尔叹气,"真烦,地面战一点儿也不优雅。幸好用不着我来指挥,那就随便吧。"

星界的纹章 III

6

大追踪

滋的一声震动过后，岩石的碎块哗啦哗啦地掉落下来。

"看来他们还没罢休，"杰特加快步伐，"是想在塌方的地方炸出条路啊。"

"这样我们就有路可回，是好事。"拉斐尔说道。

"跟你在一起真是没有任何事值得担心，整个宇宙都充满希望。"

距离战斗已经过去了一个多小时，二人还困在洞窟里。这一路都弯弯绕绕，略微有一些向上的坡度。

这么说，我们是在往上游走。

杰特想象起来：数亿年前，这颗行星上流淌着熔岩河。此刻，他们正沿其支流而上。

又传来滋滋的声响，看来道路还没打通。

洞窟越来越窄。

杰特随之心慌起来，不禁想象前面不远处就是洞窟的尽头，或是人无法通过的狭小场所。

不久，洞窟就缩小到无法让两人并肩行走。

杰特打头继续往里走，却开始怀疑这么做究竟还有没有意义。

最终，凝集光枪照亮了尽头的岩壁。

杰特带着绝望停下脚步。

"怎么了？"拉斐尔问道。

"到头了，没路……咦？"

杰特凑上去仔细观察起来。就自然的产物而言，尽头的岩壁表面太过光滑。他用手摸了摸，发现是堵结晶陶质的墙壁。不对，这不是墙，在正中央有条纵向的接缝。

"这是扇门！"杰特惊叫起来。

"门？"

"嗯，怎么看都是。"

杰特试着又摸又推，门却纹丝不动。

"这里有东西。"拉斐尔抓住杰特的肩膀，指向门的右边。

杰特用凝集光枪照过去，只见那里有枚操作钮，写着"紧急时使用"。

他战战兢兢地按下按钮。

门开了，洞窟透入一丝光线，长方形的光条眼看着变宽。

刺目的强光让杰特眯起眼。

他谨慎地迈出一步。

"这是何处？"随后出来的拉斐尔环顾四周。

"要我说……"杰特有些不敢相信地低声说道，"看起来是游乐园。"

他的耳边响着轻快的音乐，眼前是大片花坛。对面能看到建筑，那是栋石头砌的矮房子。不知从哪儿传来孩子们快乐的嬉闹声。

花坛之间铺着人行道，卡通形象的动物在人群中穿行。有熊、狗、猫、大象、羚羊、海象……都和人类差不多高，用两条腿站立着。它们有的在和小孩子交谈,有的在表演把戏。那边的草地上坐着一头鹿,正在给好些孩子讲故事;这边的狮子正在抛接点着的火把。

它们估计都是机器动物,也可能是穿着布偶装的人类。

只有马在用四只脚走路,背上都坐着儿童,看来应该是园内的交通工具。

一只穿着小丑服的猪骑着独轮车,从他们眼前驶过。

杰特目送猪离去,又仰头望向上方。在距离他头顶相当高的位置,张着金属骨架与合成树脂制成的半透明帐幕。

长相亲切的机器动物挂着绳索从顶篷垂下,抱着哈哈欢笑的小孩子上上下下。从八只手脚看来,它应该是蜘蛛。

等杰特回过头,才发现门已经关闭,上面用大字写着"此门无法使用"的警示语。

杰特看向拉斐尔,不由得坏笑起来,"你看起来好惨。"

这个形容确实很贴切。她满身的沙土和泥巴,整个人都脏兮兮的,头发也从没这么乱过。

"彼此彼此。"拉斐尔拍着衣服还嘴,"你看起来像是在丢弃宇宙垃圾的前一刻,才被人从垃圾槽里救出来。"

"可以想象。"杰特拍落头发里的沙子和碎石。

一个被犀牛牵着手的小孩指着二人咯咯直笑。

"这小家伙真没礼貌,居然用手指着公主嘲笑她。"

"明明在笑你。"

即便处在敌方统治之下,游乐园依然热闹非凡,让人顿时安心起来。有这么多普通领民,尤其是儿童,想必"人类统合体"也不会乱来。

"走吧,顺利的话还能弄到新衣服。"

"嗯。"

两人正要迈步,这在这时——

"站住。"上方传来声音,"你们未经正规入口入园,警卫会立即前来询问你们的情况,请留在原地等待。如不配合,不排除报警的可能。"

杰特抬头一看,是颗长颈鹿的脑袋。虽然长颈鹿的肩高与人类无异,脖子却充分保留了种族特征。

"做梦。"杰特拉着拉斐尔撒腿就跑。

"停下,停下,快停下……"长颈鹿踉踉跄跄地追在后面。

"各位游客,很抱歉。"园内响起广播,"目前发生紧急情况,目前发生紧急情况。很抱歉为各位带来不便,古佐纽幻想乐园将从现在起临时闭园。我们将为各位安排退票,请到出口排队离园。只要遵守秩序,不会有任何危险。还请听从工作人员引导,保持冷静离开园区,期待您的再次光临。重复,目前发生紧急情况……"

"紧急情况指什么?"拉斐尔不解。

杰特瞥了眼一直握在手里的枪,又回头看了看穷追不舍的长颈鹿,说道:"难以想象除了我们还能是什么。"

克拉斯比鲁行星尚且年幼时,这里曾有一片熔岩湖,从湖里流出两条河。其中一条极宽,从湖里带走了大量煮沸的熔岩。另外一条较为逊色,与别的熔岩流汇合,最终还是汇入了更宽的那条大河。

行星迎来青春期后,熔岩的供给中断,湖泊逐渐干涸。熔岩要么冷却后凝固在湖里,要么被河带走。被带走的熔岩也在途中冷却凝固,成为克拉斯比鲁地壳的一部分。

于是,陡峭的悬崖围住熔岩湖遗址,让这里成为巨大的洼地。

后来,人类来到星球,在附近建起城市,绞尽脑汁想利用这片洼地。如果用作耕地,则要为农耕机器铺设道路,付出与收获恐怕难成正比。

吵到最后,有人提出了建动物园的方案。只需给洼地盖上圆屋顶,就能创造密闭的环境;再将其划为两个区域,分别构筑出热带雨林和草原,就能让原本无法引进克拉斯比鲁的动植物在这里繁衍生息。

提案人大受称赞,于是建设动物园的方案提上日程。人们还为此成立公司,筹集了资金。一切似乎都顺风顺水。

然而,当屋顶盖好时,发生了最后的波折。从前的老观念不知从哪里死灰复燃,认为把动物关进笼子极不人道,并且在舆论中占据主导地位。

尽管有人反驳并不是关进狭小的笼子，却没能引起任何关注。

最终，人们决定放进卡通形象的动物机器人来代替活生生的动物。

学术上的意义早就被抛诸脑后，和"学术"这两个字相关的东西，大抵都有最先被遗忘的倾向。

除去极少数的动物生态学家，大部分公民都很满意。

活生生的动物既不会表演把戏——训练动物是人类自私自利的犯罪行为——也不能陪孩子们聊天。而且它们基本都有难以忍受的体臭，有任何看不顺眼的情况就会立刻诉诸暴力。

就儿童的玩伴而言，机器动物远比真的动物让人安心。父母大可把孩子寄放在这里，自己或是去上班，或是享受成年人的娱乐。

古佐纽幻想乐园就这样开门营业了，并且即将迎来建成七十周年的庆典。

"来了！简直就是撞个正着。"守在古佐纽幻想乐园管理室里的恩特琉亚警部一拍手，"不过，奇怪啊，人数太少。"

"可是有亚维。"凯特两眼放光。

"是啊。"

"我感觉有些夸张了,她还是个孩子吧?"幻想乐园的经理一脸嫌弃地看着屏幕,这些人害他不得不给客人退票,"不过就这里的客人而言,年纪又太大了些。"

"你口中的这个孩子杀死了我军士兵。"凯特宪兵大尉沉着脸说道,"是个穷凶极恶的杀人犯。"

"哦……"经理欲言又止,看向恩特琉亚。

"别担心,经理,占领军肯定会赔偿你们的损失。"

"不好说啊。而且,谁知道占领军会待多久?实际现在也……"经理看向凯特,打住了到嘴边的话。

"怎么了?"恩特琉亚来了兴趣。

"大概三十分钟前,电波控制的机器鸟开始不听使唤,"经理频频瞥向凯特,"技术人员看过了,说机器完全没问题,是电波受到干扰,好像还说无线通话器也没法用了。"

"所以说?"

"警部,"凯特插嘴,"时间紧迫,去抓人吧。"

"急什么,反正游客清空前没法上演抓捕大戏,毕竟对方有武器。"

"那他们混进游客里逃走了怎么办?!"

"有我们像这样监视着,出口也安排了部下。来,经理,你继续说。"

"还能说什么,"经理看起来不太情愿,不过还是接过话题,"下面纯属我的臆测。到底是谁在干扰电波?我只能想到一个答案。为什么要这样做？我也只能想到一个答案。我说，警部先生，你其实已经心里有数了吧？"

"不，我真没数，要知道我一直待在这里。说起来，部下的报告倒是中途就断了。不过，时间也不长，我没往心里去……"

"拜干扰所赐，现在我们只能通过声控给机器下达简单的指示。你看，"经理指着屏幕，"这只追在后面的长颈鹿，就算想从它的眼睛里调取影像，也只有这种结果。"

随着经理的操作，屏幕上满屏雪花。

"你看起来知道些内情，"恩特琉亚看向凯特，"是宇宙里出了什么变故吗？"

"我怎么知道？！"凯特气呼呼地予以否定，"我一直跟你在一起，你最清楚不是吗？"

"不过，你不是偶尔会看终端吗？"恩特琉亚指出，"你的终端没收到通知吗？像是电波干扰的预告或者理由之类的。"

"都是我军内部的联络事项，跟你没有任何关系。"凯特的表情僵硬起来。

"是吗？"恩特琉亚和气地劝说起来，"我记得你有义务把搜查进展事无巨细地向上级汇报。可是现在亚维出现了，你却丝毫没有上报的意思。这该怎么理解？是想报告也没法报告吧？听我说，大尉先生，我相信你知道理由。如果你刻意隐瞒，我和我的部下都会开始消极怠工。"

"你想威胁我?!"凯特白皙的脸蛋涨得通红。

"没错。我们是靠威胁吃饭的,要知道嫌犯大都不怎么配合。"

"好吧。"凯特沉着脸说道,"我的确在军队标准时间1155,也就是距现在三十七分钟前接到命令,说是将于军队标准时间1200开始电波干扰,接下来暂时无法传达命令,让我继续现在的任务。"

"我问的是电波干扰的理由。"

"我确实不知情,没人告诉我。信不信由你。"

"原来如此。"恩特琉亚眯起眼。

凯特看起来不像在撒谎。就算从小受不同文化熏陶,谁在撒谎还是一目了然——他有这种自信。

恩特琉亚大失所望。不过,即便听不到确切的回答,他也能猜到答案。

"亚维回来了。"他悄声说了一句。

"请留步。"白犀牛说道。

"请留步。"帝企鹅说道。

"请留步。"美洲狮说道。

杰特和拉斐尔已经完全被可爱的动物包围。孩子们都走了,看来它们也没别的工作可做。

"退下。"拉斐尔用凝集光枪抵着河狸的脑袋。

"请留步。"河狸露出可爱的门牙说道。

"看来你们并非智慧生命。"拉斐尔确认道。

"没错,我们没有自由意志。"河狸闭起一只眼睛,"不过,请对孩子们保密,不能破坏他们的美梦。"

"没办法,杰特,破坏它。"

"不是吧?"杰特叫道,"我可下不了手,你瞧它多可爱。"

"我又何尝不是?"拉斐尔说着一枪放倒了海狸,"可是非做不可。再拖延下去,追兵将至。况且,你对真人都能若无其事地开枪。"

"那是因为对方也在打我,而且并不怎么可爱。"

"警告!"动物同时高声说道,"我们是古佐纽幻想乐园的财产,如果蓄意破坏,将触犯损坏物品罪。并且,需要视损害程度进行相应赔偿,我们每台的均价是……"

"那你们在遭到破坏前给我赶紧消失!"美洲狮被切成片。

哪怕失去了同伴,机器动物也毫不退缩,反倒逐渐缩小了包围圈。

"抱歉了……"杰特打穿了鬣狗。相对来说,它的长相最凶恶,稍微缓解了杰特的罪恶感。

"看他们干的好事!"经理眼睁睁地看着贵重财产被破坏,不禁捂住了脑袋。

"瞧,我说过他们穷凶极恶。"凯特一脸了然的表情。

经理根本没听他说,而是通过园内广播指挥起机器动物:"离开入侵者!解除第二十四项功能。"

机器动物纷纷逃离入侵者。

经理确认入侵者们没有继续射击,这才松口气垂下肩膀。

"你干脆把机器动物都撤了,"恩特琉亚说道,"省得妨碍我们抓人。"

"只靠声音没法控制,必须技术人员亲自走一趟,或者用电波输入命令。先说正事,警部先生,"经理气冲冲地瞪着恩特琉亚,"你还在发什么愣?麻烦赶紧把他们抓住。"

恩特琉亚耸耸肩,说道:"所以我早就说过,要求在那个紧急出口安排部下,是你怕影响游乐园的口碑坚决反对的吧?"

"对,是我错了,我承认,所以说……"

"必须先等游客全部疏散,要知道我们是深受民众爱戴的警察。"恩特琉亚指着其中一个屏幕。

那是游客管理思考结晶终端的屏幕,显示当前游客还剩一百二十人左右,而且这个数字从刚才起就没怎么变化。也就是说,有一百二十名游客不知出于什么理由不愿意离园。

"他们所在的地方已经清空了。"经理反驳。

"确实,"凯特也来帮腔,"立刻实施抓捕吧。现在没法使用通话器,进行联络也需要不少时间。"

"用不了通话器是拜谁所赐?"恩特琉亚拿下嘴里的香烟

摁到烟灰缸里,"不过,是啊,你说的也在理,那就去抓人吧。"

"好。"凯特用力点头。

经过和动物一路的你追我赶,周围已经看不到人类。动物还在,但没有接近他们的意思,不过也并不回避。

"不好意思。"杰特险些撞上松鼠,连忙道歉。

"是我不小心。"松鼠悠然而去。

现在二人仿佛身处迷宫,被小巷两侧商店的陈列架夹在中间。陈列架里摆放着各式各样的商品,大多是动物图案的文具、日用品和衣服。看店的都是机器动物。

杰特在服装店前停下脚步,看了看自己脏兮兮的连体衣,不过立刻就打消了念头。现在没时间慢慢挑选完后再去换衣服。

小巷纵横交错,他们转来转去总是回到大路。仰望顶棚,能推测这里位于游乐园的中心,可是根本弄不清出口在哪个方向。

看店的动物兴致勃勃地注视着二人,却并没发出叫卖声。

"等等。"杰特叫住前面的拉斐尔。

"怎么了?"

"我突然想到,可以向动物打听出口。"

"这是良策。"拉斐尔表示赞成。

杰特走向水獭的杂货店。

"欢迎光临。"水獭张开两只小短手。

杰特发现,虽然商品的种类五花八门,不过全都带有水獭图案。

"客人看中哪样?"

"我不是……"杰特支吾起来。

"啊,我懂了。只要有我的图案,随便哪样都行,对吧?那就为您推荐这件商品,"水獭拿起修甲器放到掌心,"不仅价格公道,性能也没得说。修甲器多备几个也不碍事,反正容易弄丢,而且……"

"我不买东西,"杰特打断它,"我是想打听一下出口在哪里。"

"您说什么?!"水獭大叫,"这就要回去了?再多游玩一会儿吧,至少听我介绍完修甲器。有什么好着急的?"

"你不知道吗?这里已经临时闭园了。"

"您在逗我吗?古佐纽幻想乐园是二十四小时营业……"

"所以说,是临时。你到底告不告诉我?"

"真是不近人情,没办法。顺着这条小巷一直往下走……"水獭为他指了路。

杰特道过谢出了商店。

"往那边。"他告诉拉斐尔方向,继续小跑起来。

不知何处响起了爆炸声。

"看来他们没注意到紧急操作钮。"杰特说道。

"哪个蠢货干的好事?!"恩特琉亚在指挥车里听到爆炸声后,破口大骂。

他以为是哪名冒失的部下发起了攻击,不过仔细一想,警察应该没有装备爆炸性的武器,至少恩特琉亚的部下没有。

会不会是那个亚维?他的部下只有短针枪,亚维难道会下杀手?

这种假设也不太站得住脚,发生爆炸的地方应该在亚维的反方向。

恩特琉亚这才想起来亚维后面还有追兵。

"看来是你的伙伴了。"恩特琉亚看向凯特。

"或许吧。"宪兵大尉垂下头。

要不就此打道回府,恩特琉亚在心里盘算起来,本来他就没什么动力,就算放着不管占领军也会把人抓走。区区偷车贼而已,放跑一两个也无妨……

不,这可不行!好不容易追到这里,不对,准确来说是在前面守株待兔,总之嫌犯已经近在眼前,怎么能眼睁睁看着别人抢功劳!

"喂,开快点儿!"警部戳着司机后背。

"没办法啊,警部。"年轻警员辩解起来,"这里的动物甜心似乎并不懂道路交通法!"

话音未落,他们就险些撞上一脸幸福的狸猫。

"毕竟这又不是车道。"恩特琉亚的右肩也狠狠地撞到了靠背,"早知道会这样,就该把空中艇带来了!"

"要呼叫增援吗?"

"蠢蛋,哪有这种闲工夫?!"

后面传来巨大的撞击声。

一辆巡逻车正面撞进了建筑里,狸猫正一脸担心地往里瞧。

恩特琉亚一声叹息,真没想到,看来这会成为一出愉快的逮捕剧。

"紧急情况,紧急情况。"园内广播疯狂地叫唤道,"还在园内逗留的客人请立刻撤离,园方将无法保障各位的安全。另外,炸毁紧急出口的客人……不对,是入侵者,请在园内保持肃静!不要进行破坏活动!该死,你们干吗非要闹得鸡飞狗跳?!"

"警部,在那里!"凯特指向前方。

那是一对年轻男女,少女虽是黑发,却戴着亚维的头环。

"很好,我们上!"恩特琉亚吼道。

他只想争分夺秒摆脱这份愚蠢的工作。

"被发现了!"杰特停下脚步。

排成一串的悬浮车正向他们冲来。

拉斐尔正要端起枪,杰特回过神来,按住她的手,"不行,起码不能在这里!先回刚才的集市。"

拉斐尔不明所以,不过立刻点了点头。

两人转身就跑。

"站住,我们是警察!"扩音器里传来威胁的叫喊声。

杰特心想,放眼整个银河系,有几个人会听到命令就真的站住?

"警部,不能再往前开了!"指挥车一个急停。

眼前这条路确实已经称不上路,窄到三个人都没法并行,车实在开不进去。

把摊位都掀了倒是个办法,不过他们是深受民众爱戴的警察,怎么能做这种事?

"工作人员也撤离!"园内广播还在继续,"持有三级以上技术员资格的,尽最大可能把机器动物调节到自动收纳模式。不过第六、第七两个地区的工作人员全部无条件撤离。赶紧跑啊!这都什么事啊,真是的!"

"全体下车!"恩特琉亚发号施令。

他带头下车,给后续巡逻车下达同样的指令。无法使用通话器让他十分恼火。

一共二十人组成的警察小队在路上列好队。

嫌犯不知是逃进了岔道还是哪家店里,路上看不到他们的身影。

"全体做好开枪准备。"

警察们拔出短针枪,齐刷刷地打开保险栓。凯特也跟着把自己的武器调整到临战状态。

"追缉嫌犯,跟上我!"恩特琉亚冲进小巷。

凯特宪兵大尉及二十人的警察小队紧随其后。

"不好意思,借过!"杰特翻过乌龟店的陈列架。

乌龟只是缩起脖子,什么也没说。

"见谅。"拉斐尔也一翻而过。

乌龟从背对背坐着的雕鸮胳膊下钻过。

"坏孩子!"商品被弄得一团糟,雕鸮可不打算忍气吞声,"坏孩子,非常坏!"

"对不起嘛。"杰特头也不回地道了歉。

"我能指出一点吗?"拉斐尔喘着气说道。

"请讲。"

"我们正在走回头路。"

"这也是没办法,要知道……啊,"杰特这才想起来,"还有敌兵在追我们。"

"你竟然忘了?你的无忧无虑可谓超凡脱俗,令我倍感钦佩。"

"谢谢夸奖……"

"哎呀，你们没走啊？"刚才的水獭注意到二人，"这次总要买点儿东西吧？"

"那你有空中艇或者宇宙飞船吗？"杰特从店前跑过时随口问道。

"当然有。"水獭斩钉截铁地回答。

"什么？"杰特不由得回过头。

水獭摇晃着手里的宇宙飞船玩具，上面想必印有水獭的图案。

在水獭对面，出现了警察的身影。

"糟了。"杰特拐向右侧，正好有条小巷，看来不用把店里弄乱了，"拉斐尔，这边！"

"咦，客人，您这是去哪儿？"水獭探出身子叫道。

"站住！"背后响起警察的叫喊。

这条小巷没有别的岔口，正面是一片草坪，对面能看到石头建筑。

杰特有轻微的广场恐惧症，总害怕进入开阔地时会遭到不知从哪儿飞来子弹或者光线的袭击。

可是现在，他别无选择。

唉，饶了我吧，恩特琉亚诅咒道，我的女儿们都已经快到妙龄，而我为什么还在进行这种全靠体力的原始追缉？

如果通话器能用，哪里需要遭这种罪？我只需要仰坐在指挥车上，让部下们两人一组分头探索迷宫，然后等逼出嫌犯再赶去收网，效率可比现在高多了。

他偷瞥一眼身边的凯特，虽然对方年纪更大，但肉体还很年轻，也不带喘气。

实在让人既羡慕又生恨。

他一把抓住拐角处店铺的支柱，借势转变方向。

现在已经能看到目标的背影。

"认命吧！"恩特琉亚单膝跪地摆好射击姿势，"再不停下我就开枪了！"

警告传进耳朵时，杰特已经穿过了小巷。

他当然没有停下的打算，而是躲到了小巷的死角。

就在这时，从他的左边传来叫喊。

杰特一看绿褐色的制服就知道，来人是敌军士兵。虽然这拨人比警察更棘手，不过现在对面只有一个人。

拉斐尔行云流水地一抬手，抢在敌兵开火前就将其击倒了。

"杰特，动作快。敌兵正分头搜索，很快就会招来援军。"

"不用说我也知道……"杰特再次飞奔起来。

当务之急是躲进石头建筑。敌人的破碎弹连岩石都能炸碎，恐怕石头墙也只相当于一张厚纸，不过，总比集市里的店铺可靠。

然而,他们还没穿过一半草坪,敌兵就出现了。

拉斐尔边跑边扫射着跪地端枪的敌兵。

杰特握住衣兜里的一只光源弹匣,调到预备爆炸状态,手心传来振动,弹匣发出鸟鸣般的叽叽声。

他有玩明球培养出的投掷力,不过距离还是太远,没有命中的把握。

所以,当他看到敌兵随着土块被一起炸飞时,不由得对自己的臂力刮目相看。

然而,敌人毫不退缩。

援军不断拥来。

拉斐尔领先杰特一步,面朝着目的地,右手用凝集光枪越过肩膀保持火力。她看也不看目标,却一打一个准。

这是空识知觉的功劳,这种情况下,空识知觉的效力堪称魔法。戴着头环的亚维相当于拥有全方位的视野,能用微波感知周围的动静,完全没必要停下或者回头进行瞄准。

然而,子弹依旧向他们飞来,而且愈发密集。

就在距离杰特五达珠处,扬起一处飞尘。

最后一步路了。

拉斐尔已经冲进敞开的入口。

好,该轮到我了。

建筑的入口已经触手可及。

"搞什么?!"恩特琉亚下意识地趴到地上。

他追着亚维一行正要穿出小巷,突然发生了枪战,而且是克拉斯比鲁星上至今从未有过的阵仗。

这就是军队和警察的差距吗?

说来惭愧,他吓得连头都不敢抬起来。

"撤退!"恩特琉亚鼓起勇气命令道,连他的声音也几乎被枪声掩盖,"回去了,这可不是警察办公的地方。"

"警部,这怎么行?"凯特抗议道,"你要半途而废吗?!"

"废话!"恩特琉亚怒吼道。他是在气自己的怯懦,"那你说,我们留着能干吗?这就好比职业拳击手在干架,一个小鬼头却想上前炫耀力气大。我不知道你生活的世界是什么样,在这个地上世界,警察既没装备也没受过训练,没法渡过这种鬼门关。你听好,无论有多少警察殉职,也别指望得到大众好评。你如果非抓到亚维不可,直接去那边加入你的队伍不就得了?"

"唔……"

一发破碎弹不知贯穿多少家商店,擦着恩特琉亚飞过,粉碎了一台机器动物。

"瞎了吗?往哪儿瞄准呢?!"恩特琉亚明知对方听不见,还是忍不住大骂一句,接着看向部下们,"还愣着干吗?赶紧撤,撤回到停车那里,移动时要埋着头。该死,早知道这样,鬼才会来这种地方!"

"杰特,动作快!"拉斐尔从门口探出半个身子,操作着凝集光枪掩护杰特。

杰特伸出双手飞身扑进入口。

"欢迎光临。"

原来这是家餐馆,服务生是群兔子,正拍着耳朵欢迎他们。不用说,店里并没有人类顾客。

杰特飞快扫视着店内。

内侧有另一个出入口,估计是通往厨房的。

拉斐尔还在应战。

"走了。"杰特拉着拉斐尔的衣袖。

"嗯。"拉斐尔最后连射三枪,离开了入口。

"客人有几位?请跟我来。"其中一只兔子说道。

"谢了,不过看起来空位很多,就不用带路了。"二人作势要去厨房。

"客人,那边闲人免进。"兔子制止道。

外面的敌人已经摆好攻势。

杰特透过窗户注意到敌军动向,大叫道:"趴下!"

只有拉斐尔听懂了他的警告,没办法,设计师给机器动物设计模拟智能时,并没有考虑过会发生枪战。

猛烈的攻击呼啸而来。

石墙并不像杰特担心的那么脆弱，不过也没能坚硬到足以抵御攻击。

墙壁稀里哗啦地塌下，碎石飞得到处都是。破碎弹从坍塌处被扔进来，整个店里顿时充满了爆炸产生的气浪。兔子的零件散了一地。

"警告！"好几只兔子从墙上的大洞向外说道，"我们是古佐纽幻想乐园的财产，如果蓄意破坏，将触犯损坏物品罪。并且，需要视损害程度进行相应赔偿，我们每台的均价是……"

敌军的枪声响起，做着无谓警告的兔子眨眼就被打飞。

"拉斐尔，你没事吧？！"

"这还用问，群星的眷属——"

"我知道，"杰特打断她，开始匍匐前进，"还是抓紧时间吧。"

"嗯。"

"客人，"兔子低头看向杰特，"这里很危险，建议您及时避难。"

"谢谢你告诉我，我正好感觉不对劲呢。"危急关头杰特还能抽出闲心贫嘴，这让他心情稍有好转。

下一秒，劝他避难的兔子就已中枪倒地。

"该死。"杰特的好心情立刻烟消云散，取而代之的是满腔怒火。

之前他才破坏了鬣狗，按说现在没资格生气。可是，眼睁睁看着交谈过的对象被破坏，实在让人舒服不起来。

出入口感知到有人靠近，自动打开了。

杰特打头，拉斐尔也跟着进入厨房。

厨房仿佛另一个世界，毫发无伤。不过，这也只是时间问题。

二人站起来，从烹饪机器间跑过。

又是一个出入口，出去后是一条走廊，看来是员工通道，走廊两侧是一扇扇门。

拉斐尔忽然瘫坐在地。

"怎么了?!"杰特吓坏了，"哪里受伤了吗?"

"并未受伤。"她露出不像是亚维的虚弱微笑，"说来惭愧，看来我是累了。"

"哇，没想到你也有弱点。"杰特嘴上打趣，心里却很同情。对亚维而言，肯定很少体验长时间的奔跑，而且所受重力是他们生活环境的数倍。

按拉斐尔的性格，肯定直到耗尽最后一点体力都不会示弱。

不知他们已经连续奔跑了多久，三小时，还是四小时？虽然一路跑跑停停，不过多数时间都在小跑赶路。尤其最后三十分钟，纯粹是全力冲刺。

杰特也远称不上体力过人，只是因为高度紧张才没发觉，其实他已经累到想吐。

"可是,我们不能停下。"杰特忍住反胃的不适扯出笑容,"来,肩膀借你。"

"对不住。"拉斐尔伸出手。

杰特拽起拉斐尔,把她的胳膊搭到肩上,"干脆我背你好了。"

"别看不起人。"

"真有你的作风。"杰特放下心来。

他到底是没力气再跑了,虽然自认步伐已经很急,其实速度跟步行差不多,说不定比平时走路还慢。

"敌人跟我们一样累。"杰特给自己和拉斐尔鼓劲。

没错,敌兵也是从洞窟一路徒步追踪过来,应该还带着相当沉重的装备。他尽量不去考虑那些人是地上作战的专家,而且肯定接受过长时间负重行军训练。

杰特意识到肩膀上拉斐尔的重量,思绪飞到了完全不同的方向。

换作之前,她恐怕不会像这样欣然接受杰特的帮助,肯定会强硬地让他带上航行日志单独逃走。

真好。

星界的纹章 Ⅲ

7

幻想乐园的马

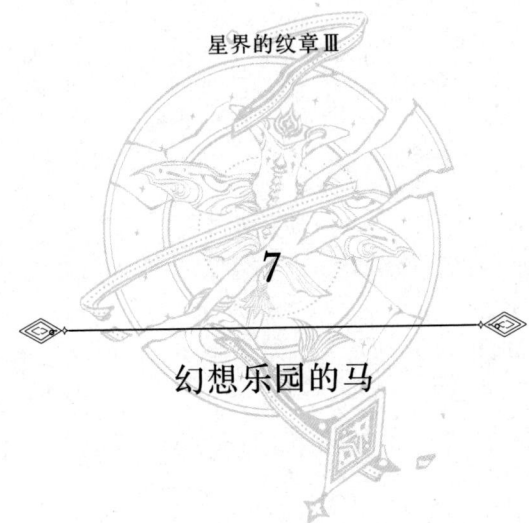

二人拐进了左手边最近的入口。

这里也是厨房,不过不像餐馆的,更像是咖啡馆的后厨。空间比刚才的窄,烹饪机器也都是小型的。

建筑晃动起来,敌军的枪击还未停歇。

不如说这是好事。杰特最怕对方闯进来,如果敌兵蜂拥而入,他们已经无力招架。

"你坐好。"杰特找不到椅子,只能让拉斐尔坐到墙边。

"你要做什么?"

"小偷的勾当。"

"时间紧迫。"

"我知道,这是必要的。"杰特找出矿泉水瓶,将其中一只递给拉斐尔,"我们必须补充水分。"

拉斐尔靠着墙,双手抱着瓶子喝起来,唇角溢出的清流打湿了衣裳。

杰特也一口气喝掉半瓶矿泉水,水分仿佛根本没流进胃里,半路就被吸收殆尽。

"若是王家侍从长看到我这副模样,"拉斐尔喘着气说道,"想必会浑身抽搐。"

杰特边从洗碗机里取出两只玻璃杯,边问道:"是个教导礼仪的人吗?"

"嗯,我总被训斥。不过,在应当保持优雅的时空里,我能保证足够优雅,所以不成问题。"

"我信你。真遗憾,看来我并没有遇到你所说的应当保持优雅的时空。"杰特边说边查看起一长排壁龛状的凹槽。

"闭嘴,我平时很优雅的。"

"是吗?"

"再说就把你撕烂。"

"这可不太好。"杰特不再唱反调。

他把玻璃杯放到用亚维语显示着"葡萄风味·浓缩糖水"的凹槽处,液体从杯子上方流了下来。

他尝了尝,的确是字面意义的"葡萄风味·浓缩糖水"。闻起来是葡萄的香气,口感十分黏稠,味道甜得连蚂蚁都要退避三舍。

这是需要兑苏打水或者酒来喝的原液,换作平时,杰特肯定不会再尝第二口。不过,现在对他而言却是奇妙的甘露。

他把另一只杯子装满液体,递给拉斐尔,"喝吧。"

拉斐尔小啜一口,说道:"若非这种情形,我会感到这是种侮辱。"

"现在我们必须补充糖分。"

"我明白。"拉斐尔一口气喝光了黏稠的液体,接着又用矿泉水冲去口中的余味。

"走吧。"杰特向拉斐尔伸出手。

"糖分已经起效,你不必再帮忙。"

然而,她一个踉跄,不得不伸手扶着墙壁稳住身体。

"就算是亚维,代谢也没这么快。别逞强。"杰特搀扶住她。

"嗯……"

他还是止不住渴,于是拿着水瓶边走边喝。

相当近的距离发生过爆炸,通往走廊的门都变了形。

临街一面的店里空空荡荡。别说人类,连机器动物也没有。也好,省得他们被问东问西。

走出店门,是一条宽敞的软石路。

杰特拿过拉斐尔的枪,把矿泉水瓶递给她。

拉斐尔喝完最后一口,带着询问的意思晃了晃空瓶。

杰特摇摇头。

拉斐尔随手扔了空瓶,有机合成树脂材质的瓶子发出一声轻响,躺到路边。

"这种事要是被你的侍从看到……"

"恐怕不只是浑身抽搐吧?"拉斐尔舒爽地眯起眼。

一匹机器马从前方走来。

"请勿随地乱扔垃圾。"机器马说道。

"不好意思。"杰特下意识地认了错。

"你们累了吗?"机器马掉转头,和杰特他们并行起来。

"嗯,累惨了。"杰特实话实说。

"要骑上来吗?"

"能让我们骑吗?"杰特惊讶地看着额头带有星型图案的

马首。

"嗯,这就是我的工作。"

"太好了。不过,我们不仅累,而且还赶时间。"

"那我就跑快些。"

"感激不尽。"

杰特先让公主骑上马背,把枪交还给她,然后跨坐到她背后。

"小朋友,你们可真沉,不会是成年人冒充的吧?"机器马抱怨起来。

"我们是超重的小朋友,正为体重发愁呢。"

"我倒是载过双人,不过是更小些的孩子。像你们这样的大孩子,我还从没一起载过两个。"

"你载不动吗?"

"不,这倒不至于。"

"那就好,麻烦送我们到出口。"

"不跟你们的爸爸妈妈说一声吗?"

"我俩的爸爸都在家里。"帝都拉克法卡尔和海德伯国都不知在几百光年之外,但这句话完全属实。

"那就坐稳了。"机器马驰骋起来。

拉斐尔抱着马脖子,杰特则手握缰绳。机器马的速度很快,相当于人的全力冲刺,看来能拉开到相当长的距离。

杰特刚才所在的那一长排建筑,眨眼只能看到头。

拉斐尔伸出握枪的手。

他们到了建筑尽头。

十名敌兵正埋伏在这里。不过,看来他们没料到二人骑着马,所以反应慢了一拍。

拉斐尔的枪口立刻迸发出不可见光。

二人转眼就横穿过狭窄的空隙,同样构造的建筑遮挡住右侧。

"能再快些吗?!"杰特问机器马。

"我是没问题,但你们会有危险。"

"我们也没问题。"

"是吗?那你们感到危险就叫我。"

机器马再次提速,时速差不多达到五百威斯达珠。

确实很危险。骑马不同于坐在悬浮车或者地上车里,颠簸相当剧烈。

杰特用力蹬着马镫,努力不让自己甩下马背。

"杰特,后仰!"拉斐尔叫道。

杰特握紧缰绳,往后一仰。他能感觉到有光线擦着下巴飞过。

颠倒的视野里,敌兵开始射击。他们从建筑的阴影里露出上半身,架着枪一通乱射。

"哇!"杰特仿佛被揪紧了胸口。现在他唯一能做的就是抓紧缰绳,这让他倍加恐惧。

拉斐尔的凝集光枪削掉建筑一角,埋住了敌兵。

他们又穿过好几栋建筑,敌军的火力逐渐减弱,杰特这才艰难地摆正身体。

前方是一座半圆形建筑。

机器马围着建筑向右转去。

"不能走这边!"杰特慌了。

右侧有敌兵,虽然有相当长一段距离,不过他们恐怕还在枪的射程以内。

"为什么?这边是近路。"机器马反驳道。

"不行就是不行!"

同机器马吵架的工夫,他们已经离开半圆形的阴影。

前面看来是座广场,中央有喷水池,周围是各式各样的游乐设施。

右边一条笔直的大街两侧分布着三层珊瑚状的桃色楼房。他们正前方这条路的尽头排布着敌兵,一齐开枪向他们射击。

拉斐尔已经开始回击。

杰特也伸出右手——幸亏没把枪弄丢,他给自己记了个大功——扣动了扳机。

还击只是刹那,而且并不准。敌兵人数众多,机器马置身在密集的弹幕中。

幸好,没有子弹命中它。不过,机器马对着敌人那面绽放出小型爆炸的花朵。硝烟打着旋儿,软石的碎片散落一地。

"好难跑,他们到底在干吗?"机器马提出理所当然的疑问。

"再快些!"射击告一段落,杰特叫道。

"还要快?那就抓稳了。"机器马进一步提速,一路狂奔。

下一波射击还没开始,他们已经拉开三分之二个广场的距离。

"杰特,"拉斐尔高声警告,"右后方,屋顶上!"

杰特立刻抓住马鞍后侧,上半身向左倾斜。

拉斐尔再次展开射击。

同时,子弹也向他们袭来。

其中一发擦过杰特的衣袖,划破布料,在他手臂留下一道红痕。

"唔。"杰特咬紧牙关。

"后方有追兵。"

杰特闻言看向身后,只见敌兵正骑马紧追而来,一共有三匹。他们肯定是有样学样,跟附近闲逛的机器马谈妥了。

"交给你,我无暇应付。"拉斐尔说道。

"你说得倒轻巧……"

临时上阵的骑兵显然没受过相应训练,必须牢牢抓好缰绳避免摔下马,间断才开上几枪,几乎没什么效果。不过,双方的距离在逐渐缩短。

而杰特同样没受过训练,如此别扭的姿势,连端好枪都难。

杰特索性把枪夹到胳膊下,取出光源弹匣。

"拉斐尔,闭上眼。"杰特抛出光源弹匣,但他的姿势并不稳定,没能扔出太远。

弹匣落地的刹那,杰特闭紧眼睛别过头。

一阵闪光。

当他再次睁开眼,两名敌兵已经落马,正捂着眼睛满地打滚。

"都跟你们说了不能乱扔垃圾。"机器马教育道。

"谁让我们是坏小孩。"

还在马背上的那名敌兵也不再追赶。

"出口就在那里。"机器马说道。

前方排着二十多扇玻璃门,全都处于开启状态。

"我不能再往前走了。"机器马停下来。

"谢谢你。"杰特跳下马。

"杰特,快走!"拉斐尔已经跑起来,看来这次糖分是真起效了。

"期待您再次乘坐——"机器马话到一半,破碎弹命中了它的腹部。滚滚浓烟包裹住马鞍,火花四溅。

"我好像出故障了……"机器马缓缓跪下。

"对不起!"杰特在胸口握紧了拳头。

"抓紧时间。"拉斐尔解决了剩下的临时骑兵。

"好,我知道。"杰特跑进出口。

外面是个宽敞的大厅,有小卖部和导游地图。正面是已经停运的自动扶梯,一共有十部。当然,一个人影也没有。

杰特在出口旁找起某样东西。

"你在干吗?"拉斐尔已经走上自动扶梯,厉声责问道。

"就等我五秒钟。"

他并不确定有没有自己想找的东西,好在找到了。

"紧急隔离门"的文字下方有三枚方形操作钮,除了"警告:随意启用将触犯刑法"的警示语外,还配有说明书。必要的操作顺序有些复杂,估计是为了防止儿童捣蛋。

杰特按照说明,以三号、一号、二号的顺序按下操作钮。操作钮依次被点亮,最后,三枚一起闪烁起来。

"警告,非必要启动隔离门,须承担民事及刑事责任。请再次仔细确认情况……"

杰特没有闲工夫去听机械音的警告,他同时砸下三枚按钮。

"危险!隔离门即将关闭,请从门口离开。危险!隔离门……"

玻璃门同时关闭,钢铁制成的隔离门从上方降下,咚地砸下来，地面一阵颤动。

"行了，走吧。"杰特跑向拉斐尔。

扶梯很长，相当于五层楼高。

二人一口气跑到顶，杰特累得直喘气。

"没事吧?"他关心起拉斐尔。

"嗯。"拉斐尔虽然脸色苍白，但还有力气挤出微笑。

"我们还是回城里再躲起来吧，帝国肯定很快就回来了。"

两人穿过无人的出口。

现在早已是日暮时分，出口外面是缓和的上坡，地面发着微光。

上坡路和广场差不多宽，在尽头处分为左右两个路口。

他们还来不及到达岔路，就被从两侧驶来的悬浮车拦住了去路。这些悬浮车看来有些眼熟。

"是警察！"杰特刚转过头，好些从暗处跳出来的警察映入眼帘。

"不准动！"警察们举着枪进行牵制。

拉斐尔的右手有所动作。

"不行。"杰特抓住她的手腕。

"为何?! 你要投降?"

"没错。"

二人被前后夹击，尤其前方的警察还有车做盾牌。

他们没有胜算。

"被领民警察抓住也还行吧,"杰特劝说起拉斐尔,"起码比落到敌军手里强。"

"若是被移交呢?!"

"那就到时候再说。眼下在这里开战,我们必死无疑。"

拉斐尔咬着下唇垂下枪口。

最中央的悬浮车里走出一名男子。他一身褐色皮肤,口中叼着烟。

"我是卢努·比加市警局的恩特琉亚警部。"褐色皮肤的男子说道,"五天前发生了一起悬浮车抢劫案,我有话想问你们。"

"你要逮捕我们吗?!"杰特狠狠瞪着警部问道。

"啊,你会说克拉斯比鲁语吗?"恩特琉亚喜上眉梢,"太好了,我只在学校里学过亚维语,很高兴你会说克拉斯比鲁语。那我先回答你的问题,这不是逮捕,是自愿配合调查。我们连你们的身份都不清楚,怎么会有逮捕令?不过,现在应该能以损坏物品、非法持有武器的罪名抓你们现行。"

"我主张这是正当防卫。"

"所以才没把杀人算进去。不过,跟我们走一趟应该对你们有好处。"

"确定不是逮捕吧?"杰特再次确认道。

"嗯,到目前为止,不是逮捕。没有手铐,也没有囚服。"

"那损坏物品和非法持有武器呢?"

"好吧,实话告诉你们,我们跟帝国之间有协定之类的玩意儿,说明了这种时候该怎么处理。这要法庭来决定,而且你们情况特殊。总之,眼下我没打算逮捕你们。能理解吧?"

杰特缓缓点了点头。

"很好。能麻烦你们把枪扔了吗?"恩特琉亚温和地说道。

杰特扔下枪,把最后一只光源弹匣也放到地上。

拉斐尔还是不愿意放下枪。

"那边的亚维姑娘也一样。"

"拉斐尔,听他的。"杰特对拉斐尔低声说道。

"那就相信你的判断。"拉斐尔对杰特说完,把枪放到了地面。

恩特琉亚松了口气,命令部下保管二人的武器。"很好,你们双手背到脑后跟我来。只要你们乖乖配合,我们就不会乱来。"

杰特依言照做,拉斐尔也不情不愿地把手放到脑后。

"警部,你太掉以轻心了!"从车里又跳下一个人。

此人穿着绿褐色制服,是"人类统合体"的军官。

"你骗我们!"杰特作势要扑向警察夺回武器。

气氛顿时紧张起来。

"慢着!是误会。"恩特琉亚叫道,"先冷静,听我解释!"

杰特愣在原地。

"这位是协助我们的凯特宪兵大尉。"恩特琉亚忙不迭地解释起来,"听好,并不是我们在协助占领军,我才是这里的最高负责人。所以,你们照我说的做就绝不会有问题。"

"这怎么行?"凯特用枪指着两人,"问题大了,你甚至没有确认他们是否真的解除了武装!你怎么能相信他们?"

"这位恩特琉亚警部,"拉斐尔发话,"不知这对地上民而言有无意义,但我以亚维的名誉起誓,我们已经没有任何武器。"

"嗯,我信你。"恩特琉亚磕磕绊绊地用亚维语回应。

"不行!"凯特披散着一头金发,"喂,亚维,想获取信任就脱光了躺在这里,我要仔细检查。"

杰特上前一步,将拉斐尔护在身后,"你做梦!如果想戏耍侮辱我们……"

"你滚开,混账奴隶!"凯特毫无预兆地开了枪。

"哇!"杰特感到左肩一阵灼热,视野随即摇晃起来。

"杰特!"拉斐尔把他紧紧抱住。

幸运的是,凯特使用的是凝集光枪,造成的出血量很少。可是,剧痛让杰特大汗淋漓,有一瞬间险些失去意识。

"你小子!"拉斐尔发出的怒吼,仿佛恒星表面的爆炸声,"绝不饶你!!"

星界的纹章Ⅲ

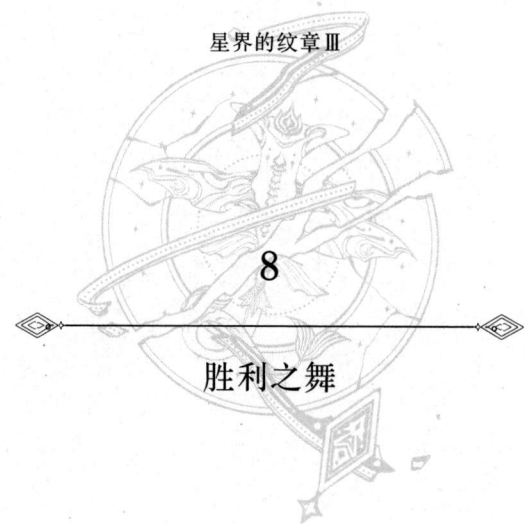

8

胜利之舞

恩特琉亚呆呆地注视着癫狂的凯特。

凯特就像换了个人,看似软弱的态度仿佛烈日下的水洼,消失得无影无踪。他原本端正的面孔上,露出了暴虐又丑陋的笑容。

"亚维崽子,你要怎么处置我?"凯特嘲笑道,"既然这么爱护你的宝贝宠物,就赶紧照我说的做,反正你们既没伦理也没廉耻。恶心的合成人类,淫荡的亚维!"

亚维姑娘怀抱着青年,她的视线仿佛凝集光一般贯穿了凯特。她怒目而视,作势要把青年放到地面。

"不、不行……"传来青年微弱的声音。

我的老天!恩特琉亚惊叹道,这位亚维大小姐是想赤手空拳和凯特作战。

青年也察觉到她的意图,拼命不让她走,踉踉跄跄地把亚维少女挡在身后。

恩特琉亚当即决定要帮谁,这也正符合克拉斯比鲁的法律。

他用短针枪抵着凯特的太阳穴,说道:"给我适可而止。"

"你这是干吗?!"凯特狠狠不已,"难道是怕帝国报复?那你大可不必担心。我军舰队的确暂时失利,不过无敌的地上作战部队毫发无伤。直到神明的恩宠让我军再次占领宇宙空间之前,地上部队都将继续捍卫这个地上世界。你就放心贯彻正义……"

"这正是我在做的。"恩特琉亚打断他,"我丝毫不关心谁来统治宇宙。不过,在这片土地上,克拉斯比鲁的法律和正义才该占主导。而你刚才的行为,明显违反了法律。真遗憾,亏我原本还有些同情你。"

"我仅仅是周密行事而已。"

"我算是知道为什么在你的世界,警察不受人民爱戴了。"恩特琉亚命令部下,"喂,把这蠢货的武器没收了。"

位置最近的巡警执行了指令。

"警部,你犯了天大的错误!你绝对会受到我军制裁。"

"亚维小姑娘,"恩特琉亚无视了凯特的威胁,转向亚维少女,"如你所见,是我监督不力,我向你们道歉。不过,还是希望你们跟我来,这位青年必须接受治疗。"

暗色的双瞳回望着恩特琉亚。

多美的姑娘啊,恩特琉亚不禁感叹。浑身泥泞反而为她的美增添了勃勃生机,让她愈加璀璨夺目。在充满敌意的陌生人包围下,她目光坚定,一步也不退让。他本以为,这帮亚维只是在天空耀武扬威。可是,起码就这名少女而言,她的威严在地上也所向披靡。

难怪有人会对她忠心耿耿,恩特琉亚瞥了眼中枪的青年。这是个典型的城市青年,怎么看都绝不是第一代移民。虽然给人一种靠不住的印象,可他穿越了能把警察吓到腿软的枪林弹雨。这也是不可动摇的事实。

凯特狂笑起来:"警部,你包庇亚维也没用!我会把她从警局的拘留所提出来。你忘了吗?这个亚维是我的,我会带上大队士兵。你别想有好下场,警部。"

该死的,还真就如他所说,恩特琥亚心里承认,艾扎恩那家伙肯定二话不说就会把亚维移交给占领军。

不,这也不见得。要知道,那家伙见风使舵的本事堪称一绝。现在亚维已经回来,他恐怕不会继续巴结占领军了。

可是,占领军意识到自己不怎么受欢迎,最近态度也蛮横起来,很难说不会直接轰了警局。

不过,警察是执法人,不能眼睁睁地看着疯狗撒欢。

"恩特琥亚警部,"亚维少女说道,"我选择相信你。"

"太好了,那就……"

"不过——"

恩特琥亚没能听到她的后半句话。

三道白烟从暗处画出抛物线,在恩特琥亚脚边炸开。

"是谁?!"恩特琥亚往后一跳。

"烟幕弹!"一名警察惊慌失措地叫道。

在被烟雾笼罩的前一刹那,恩特琥亚看到一台悬浮车越过土坡飞驰而来。

杰特不明白发生了什么,等他回过神来,周围已经满是浓雾。

这景象简直就像祖母对他讲过的冥河——杰特想起从前——故事原来是真的吗?那我岂不是要死了?不对,还是说已经死了?故事里是怎么说的?

不过,他能清楚感到背后拉斐尔的体温——她也死了吗?还是说……难道我还活着?

"亚维,国民!"从浓雾里传来叫喊声。

杰特大吃一惊,竟然是敏。

"快来,没时间了!"

杰特把手搭在拉斐尔肩上,往声音的方向移动。

"别开枪,会误伤自己人。"恩特琉亚大声指示道。

浓雾里有一台悬浮车。

杰特打开车门探进头。

拉斐尔把他塞进车里,却掉头就走。

"你去哪儿?!"杰特慌忙抓住她的手腕。

"放开!"拉斐尔正怒不可遏。

"都说了没时间。"杰特身边的玛尔卡也来帮忙,一起把拉斐尔拽进车里,"行了。比尔!"

"走了!"比尔喊道。

悬浮车移动起来,转眼就突破警察包围,一路疾驰而去。

"杰特,放手!"拉斐尔在他的右臂里挣扎起来,"我还有未尽之事!"

"痛死了,我是伤员,你温柔一点。"肩膀的疼痛让杰特皱起脸,"好吧,你有什么事没做完?"

"还用问?当然是为你还以颜色。"拉斐尔满腔怒火,"我要让他成为吹拂宇宙的一阵等离子体!虽然他配不上如此诗意的末路。"

杰特看着拉斐尔为他动怒的模样,微微有些沾沾自喜。不过,他并不能让她如愿以偿。

"这里又不是真空,"杰特劝说起来,"最好的情况也只是地上多出一具焦黑的尸体,恐怕并不怎么有诗意。"

"岂不正适合他?"拉斐尔不甘示弱。

"你连武器都没有,要怎么打?"

"抢。"拉斐尔的回答十分果断。

"真是无谋。"送葬人一声叹息。

"用词要准确,"敏批评道,"无谋这个词呢,应该用来形容更加慎重的行动。"

"回头再慢慢教训他不就好了。"杰特傻眼了。

拉斐尔惊愕地瞪大眼说道:"你竟如此残暴,我并无兴趣将人慢慢折磨至死。"

"你误会了。"

"我说二位啊,"驾驶席上的比尔很无语,"不好意思打断你们愉快的对话,麻烦能让我先把门关上吗?亚维的腿还露在外面,我关不了门!"

"唔,没办法。"拉斐尔端正好坐姿,这才终于担心地观察起杰特的左肩,"还好吗,杰特?"

"只是擦伤。"杰特嘴上逞强,心里却不满她怎么现在才问。

"这可不是擦伤,"玛尔卡探头看着杰特的肩膀,"锁骨全碎了。必须尽快处理,要不整条左胳膊都要进行组织再生。"

"拜托你,"杰特又皱起脸,"这种事要对我保密,我都快晕过去了。"

"想晕就晕。达斯瓦尼,你来帮他处理。"玛尔卡和大汉交换了座位。

达斯瓦尼默默地给杰特肩膀进行止血和局部麻醉,涂上再生促进剂,再绑好绷带喷上硬化剂,固定住了胳膊。

杰特尽力保持清醒。

"你们是不是有话想对我们说?"送葬人说道,"比方说感谢啦,或者是道谢啦,也可能是致谢之类的。"

"万分感谢。"拉斐尔道。

"谢谢你们帮我疗伤。"杰特摩挲着已经不那么痛的肩膀,"不过,你们还是想拿我们当人质吧?"

"这还用说,我们想要宇宙飞船。"玛尔卡就像听到了一个蠢问题。

"我是表示反对的,"送葬人一哆嗦,"我不想再倒霉了。"

杰特意识到处境不妙,现在他们已经没有武器了。

"我不明白,你们为什么不继续逃走?"

"那不叫逃。不过,中途情况有变。"

"怎么说?"

"我们钻出洞窟被比尔接走后不久,开始出现电波干扰。"玛尔卡解释起来,"进行盘查的士兵也都撤回了市中心。"

"这么说……"

"最重要的是,你们看——"玛尔卡指向窗外。

夜空里,六个光点显示着复杂的轨迹,时而聚集,时而分开。

"只有亚维才会玩那种毫无意义的花样。"

"并非毫无意义,"拉斐尔说道,"那是'胜利之舞',是宣布上空已被压制的示威行动。你不也是由此得知星界军的归来吗?"

"也只有亚维才会有这种挖苦人的举动。"比尔评价道。

"这么说,帝国已经收复这里了?"杰特大喜。

"地上还没有,不过,应该快了。"

"集合!全体上车给我追!"恩特琉亚吼道。

雾已经散去很多,不过警察们还是只能凭着记忆和摸索来找车。

忽然,地面咚的一声发出轰鸣,雾气随之摇荡。

"这次又怎么了?"恩特琉亚已经厌烦起来,"是那帮人吧?肯定不会错。喂,抓紧,恐怕事情要变复杂了。"

然而，警察还没来得及动身，整齐的脚步声就越来越近。

"你们，站住！"带着压迫的喊话声传来，"再动就开枪！"

"我们是警察！"恩特琉亚也大吼回去，"正要追缉嫌犯，你们别妨碍公务！"

"管你是不是警察都要吃枪子。"雾气中出现绿褐色的制服，来人环视着车队，"听说我军军官也在？"

凯特立刻敬礼，"下官是凯特宪兵大尉，您是？"

"斯利特大尉。亚维应该往这里逃了吧？"

"让她逃跑了。"凯特愁眉不展。

"跑了？明明动用了这么多当地警察。"

"他们派不上用场，终究只是奴隶民主主义的走狗而已。倒是您，配备了正规装备却把人放跑了。"

"这些并非正规装备。因为必须徒步在洞窟里追踪，重火器只能留在后方待命。"

"即便如此……"凯特这才注意到翻译机正在工作。

两位军官关掉翻译机，之后的对话其他人就听不懂了。

恩特琉亚自然对他们推卸责任的行为不感兴趣，可是，他有种极为不祥的预感。

很快，不祥的预感成了现实。

"警部，"凯特露出假惺惺的微笑，"我们得去追亚维。"

"我们这不正要去追吗？"

"是我们，你们的车被征收了。"

"你说什么?!"

"我军没有交通工具，"斯利特补充道，"所以，需要你们的车。只留驾驶员在车上，其他警察都下来。"

"哪有你们这样自作主张的？你们到底有什么权利——"

"这就是权利。"斯利特用手枪抵着恩特琉亚的鼻尖，"抓紧时间。"

"对了，"立场的对掉显然让凯特喜形于色，"警部也要同行，来为我们指路。还有，麻烦归还我的武器。"

"不过，你们怎么知道我们会从那儿出来？"杰特想不通。

"只有一半把握。"敏略一耸肩，"只是，如果你们去了干流，要再遇到就很困难，因为出口多到数不清，所以我们才选择在幻想乐园埋伏。结果没多久就开始疏散游客，这下我们知道准没错了，就一直在等待时机。"

"真希望你们在我中枪之前就来绑人。"

"别不知足，"送葬人倒起苦水，"我们已经足够冒险了。"

"先说正经的，有件事想问亚维大小姐。"玛尔卡扶着额头。

"你说。"拉斐尔原本眺望着夜空中华丽的"胜利之舞"，闻言回过头来。

"刚才，就在进入洞窟之前，我看到了你的耳朵。有件事让我相当在意，可是当时情况不允许所以我就没问。"

杰特心里一惊。

"我也是笨，跟你们告别之后才终于想起来，但我实在不敢相信。"

"说出你的疑问。"拉斐尔催道。

"我想问的是，皇族以外的亚维也能拥有'亚布里艾尔之耳'吗？"

"不能。"拉斐尔爽快地答道。

"这样啊，我就知道。差不多该让我们知道你的大名了吧，殿下？"

"亚布里艾尔·尼·杜布雷斯克·帕琉纽子爵·拉斐尔。"

沉默笼罩在车内。克拉斯比鲁反帝国战线的斗士们鸦雀无声，都忙着消化新获得的信息。

率先打破沉默的是杰特。既然拉斐尔的身份已经曝光，他判断自己也没必要再隐瞒，"而我是——"

"没人问你的名字，国民。"敏打断他的介绍。

"哦，好吧。"杰特闭了嘴。想想也对，虽然他不用再隐瞒，不过也没必要让人知道。

"我心里就奇怪呢，"敏说道，"我查过，史法格诺夫侯爵有两位千金，不过大女儿也才八岁。"

"可是，现在也足够奇怪吧？"送葬人叫唤道，"帝国的公主怎么会在这种地方?!"

"听到了吗,杰特?"拉斐尔两眼放光,"即便领民都明白皇女与公主的区别。"

"你也够记仇的。我又没恶意,你就大人有大量吧。"

"别打岔,回答我的提问。"送葬人急了。

"我原本在某艘巡察舰上,"杰特负责解释,"那艘巡察舰遭受了攻击。因为我并不是翔士……"

"你是从士吧?"比尔接嘴。

"不,也不是从士,我只是搭顺风船而已。"

"顺风船?"玛尔卡略微歪着头,"巡察舰也能让人搭顺风船?"

"我可以,因为刚好有爵位。"他若无其事地透露身份,"由于我并不是军人,所以他们让我离开战场。可我不会操作联络艇,他们就派了拉斐尔送我,她在巡察舰上只是个翔士修技生而已。"

"先等等,"玛尔卡看起来有些困惑,"这么说你也是贵族?"

"嗯,目前是这样。"

比尔吹了声口哨,"实在是人不可貌相。"

"我经常被人这么说,"杰特装傻,"想不通啊。"

"现在多出一堆问题,"玛尔卡道,"先只说我关心的。所以说,我们的人质是一位皇族和一位贵族,而且,尼·杜布雷斯克是皇帝所在王家的姓氏吧,能这样理解吗?"

"我是皇帝陛下的孙女,这位是海德伯爵公子。"拉斐尔承认,"不过,我们无意成为你们的人质。"

"不,这可由不得你们。"玛尔卡的回答很干脆,"谁会放掉这么有价值的人质?别说是交换宇宙飞船,说不定连敏想要的独立都能实现。"

"我很感谢你们,"拉斐尔给兴奋的玛尔卡泼起冷水,"所以愿意告知你们真相。迄今为止,所有威胁过帝国之人,后半生都与幸福无缘。当然,是指能够幸存的极少数。"

"我信你,"送葬人又是一哆嗦,"我现在就已经算得上足够不幸了。"

窗外一阵闪光。

耸立于地平线的山顶上亮堂堂一片,闪电从天而降,鞭笞山顶,火光四溅。

"是亚维的对地攻击⋯⋯"敏低语,就好像会有谁不知道似的。

"攻击那种地方,是在做什么?"壮丽的景象让杰特看入迷了。

直到这时,雷鸣才终于响起。

"比尔,"玛尔卡想到了什么,"电波还受干扰吗?"

车里响起沙沙的杂音。

"还没法用。"

"这样啊,我还以为肯定是在攻击电台。"

"你多半是对的,直到刚才还有强劲的信号源,现在已经没了。估计先轰了广域电台[1]。"

"其他电台在哪里?"

"不清楚,到处都能测到微弱的电波,无法确定源头和数量。"

"恐怕是电波虫,"拉斐尔推测道,"星界军也有类似装备。"

"电波虫?虫子能发射电波吗?"敏很感兴趣。

"是种能够自我增殖的微小机器,很难驱除。"

"这样啊。对了,亚维会攻击城市吗?"

"我认为不会。"

"认为?"敏似乎想要一个更加明确的答案。

"战争进行到最终阶段,星界军才会展开全方位地面攻击。在此之前,会先行破坏交通及通信系统,或是派遣空挺舰队。应当不会直接攻击城市。"

"你们打算把我们关在哪儿?"杰特担心起来,如果地方没选好,可能会被星界军打个正着。

"计划是送葬人家里,你们知道的……"

---

[1]. 广域电台,播放广域广播的电台。广域广播是日本基干广播的一种广播类别,其广播对象地区覆盖三个及以上的都府县行政区。

"我都说了不乐意。"送葬人表示抗议。

"那就送葬人上班的地方。"

"为什么只针对我?!"

"又没别的选择。还是说,要把这种好事让给别的支部?"

"干脆就去敏的别墅好了。"

"认真的?"

"刚刚出了那种事,说不定那里反而会是盲点……"

"我看指望不上。"玛尔卡一句话否决,"定了,比尔,就去殡仪馆。"

"还是先想想现在怎么脱身吧。"比尔急迫地说道,"警察已经追来了。"

"E kon! E kon!"斯利特嚷嚷着。

离开古佐纽幻想乐园的出口,驶过一个大弯,然后就是一条路直达古佐纽市区。

进入这条直路时,能看到行驶在前方的悬浮车。

"没有车载武器吗?"凯特问道。

"没那种玩意儿。"恩特琉亚抄着手,脚搁在前座的靠背上,"根本用不上,这里最多只会发生小偷小摸。"

"真遗憾。"凯特用要回来的枪戳着恩特琉亚的脑袋,"对了,能麻烦你坐端正吗,警部?你是俘虏。"

"咦,是吗?"恩特琉亚挑起一侧眉毛,"我还以为是你们雇我来带路啊。"

"不准顶嘴!"凯特大张着嘴怒吼道,"照做就是,该死的奴隶主义者。"

恩特琉亚得出结论,自己最好还是别对着干。对方是个精神失衡的小孩子,就算和他赌气,也只是小鬼之间吵架而已。可跟小鬼吵架不同的是,对方有杀伤性武器。

"听您吩咐。"恩特琉亚放下腿。

"E burikku!"斯利特发号施令。

占领军士兵们从窗口探出身子,展开射击。

"那些不是警察!警察才没那种武器。"

子弹纷纷袭来,破碎弹口径虽小,但爆发力十足,给发光的道路各处留下不少窟窿。不过,目前子弹都被甩在车后,车子后方的地面都坑坑洼洼的。

"难道不用换条路甩开他们吗?!"送葬人尖叫起来。

"没用,"敏很冷静,"敌人应该有探测机,不会跟丢。倒是我们因此会降低速度,反而不利。"

"可是电波正受干扰啊。"

"真没常识,通信器和探测机使用的带宽完全不一样。"

"就是这样。"比尔继续加速,"放心吧,送葬人。我把限速装置全拆了,就是为了这种时候。"

"可是,像这样笔直地开,不就是邀请别人来打我们吗?"

"从空气动力学的角度分析,这种距离他们想打也打不着。"敏从容不迫地讲解起来,"虽然不清楚他们那些枪的性能,不过既然目前一发都没打中,我的理论应该错不了。再说了,现在子弹根本追不上我们。"

"只能祈祷你是对的。"玛尔卡在胸前交握着手。

"你不以军事专家的身份发表几句意见吗?"杰特给拉斐尔找话。

"我并非地面战专家。"拉斐尔看起来莫名有些受伤,"不过,应当做好抵御凝集光枪的准备,这种距离内凝集光不会充分衰减。"

"敏,有对策吗?"玛尔卡问。

"有,烟幕弹应该能行。旧卡敏特尔共和国军制式K211型,据说电磁波吸收率至今仍是人类宇宙第一。"

"你怎么不早拿出来?!"送葬人责怪道。

"很难搞到手的。"敏辩解道。

"拿出来用。"玛尔卡命令他。

敏不情不愿地拉过提包,取出个罐头模样的东西,扔出了车窗。

"这些是附赠的。"敏又从包里摸出十几个直径三达珠的圆盘,丢到路上。

"那些是什么?"驾驶席的比尔回过头。

"感知地雷。本来是对付人的,对车应该也有用。"

"真是的,你从哪儿弄来这些东西的?你个兵器狂!"

"刚才那些是我自制的,已经测试过性能,个头虽小但效果很好,也极少失误。"敏一番炫耀,"说正经的,比尔,能甩掉他们吗?"

"包在我身上。在克拉斯比鲁的地面上,这台车跑得最快。这就拉开距离。"

"就不能再快些吗?!"斯利特吼着开车的警察。

"不能。"恩特琉亚替缩成一团的部下说起话,"这台是指挥车,设计上就决定了没法去追超速车,还是让巡逻车先走吧。"

"该死,你怎么不早说?!"

"又没人问我。"恩特琉亚故作正经。

突然有钝物撞击警部——是凯特用枪把砸了他的嘴角。

这混蛋!

暴怒让恩特琉亚眼晕目眩。或许之前的待遇让凯特不满,不过至少没人对他动粗。

恩特琉亚强压下怒火,擦去嘴角的血迹。

忽然,车开始减速。

恩特琉亚向前看去,只见一堵黑墙在逼近。

"别减速,不过是烟幕而已。"斯利特戳着驾驶员的脑袋。

指挥车迎头钻进了弥漫的浓雾里。

高黏度的气体通过为了射击敞开的窗户，侵入车里。

恩特琉亚用手捂住脸，护住眼鼻。

刹那间，传来嘭嘭的闷响。

被打了？！

恩特琉亚还没来得及弄清状况，车就开始往左偏。

"是地雷！电磁石被炸了！"

悬浮车左前方的电磁石被破坏，失去平衡。金属刮着发光铺装，发出刺耳的嚣鸣。

"停车！"斯利特命令。

"不准停，开到一旁。"恩特琉亚往驾驶席探出身子，"后面还有车，被撞了怎么办？蠢蛋！"

驾驶员听从了恩特琉亚的指示，将车停到路旁的农田。

后面的巡逻车也很惨。

巡逻车跟在指挥车后钻进烟幕，后侧电磁石被炸。车头高高抬起，被空气阻力掀着翻转半圈，车顶朝下在路上滑出一大截，最后还被后面的巡逻车撞个结实。

巡逻车有的急踩刹车后被追尾；有的从同事停下的车顶上飞过，摔个嘴啃泥；还有的成功避开前车却踩中地雷……

只有殿后的那辆车，通过声音判断出烟幕里的情形，先行拐出车道驶入农田，毫发无伤地停了下来。

"赶紧离开！"恩特琉亚忘了自己的立场，用力挥着手。

士兵和警察从受损的车里往外爬。警车素来以坚固著称，即便车辆损坏严重，却几乎无人受伤。

不过，不抓紧时间撤离会很危险。

火苗点燃了一辆侧翻巡逻车的氢燃料，爆炸气浪冲向士兵和警察。田里的农作物被烈焰包围，火舌刮起的煤烟混入烟幕。

恩特琉亚被呛得直咳嗽。

"是交通事故。"送葬人一本正经地告诉众人。

"一定要注意行车安全。"比尔痛快地露出坏笑。

"真的。"敏严肃地表示赞同。

"电波干扰还在继续吗？"杰特问道。

"放心吧，国民……不对，是贵族小少爷。"比尔道，"还继续着呢，他们没法搬援军。"

"可是，有东西正在靠近。"拉斐尔指着车的前进方向。

古佐纽的灯火已经近在眼前，光彩熠熠的城市树之间，升起一个亮着频闪灯的物体，正朝他们靠近。后面还跟着大约五艘更小号的飞行器。

那东西从他们上方经过。

飞行器错身而过，连看也不看杰特他们一眼。

玛尔卡看到最大物体腹部的发光纹章，这才放松了肩膀。

"别吓我啊,是消防局的人。"

"那片火势确实够大,从消防局一眼就能看到。"比尔说道。

"可是……"杰特插起嘴,"或许那是笨重的消防车,却在天上飞。"

"肯定比在地上跑效率高啊。"

"我说,敌人坐的是警车吧?"杰特确认道。

"看来是没错,你到底想说什么?"敏反问。

"他们连警车都敢抢,难道会对消防局客气?"

星界的纹章Ⅲ

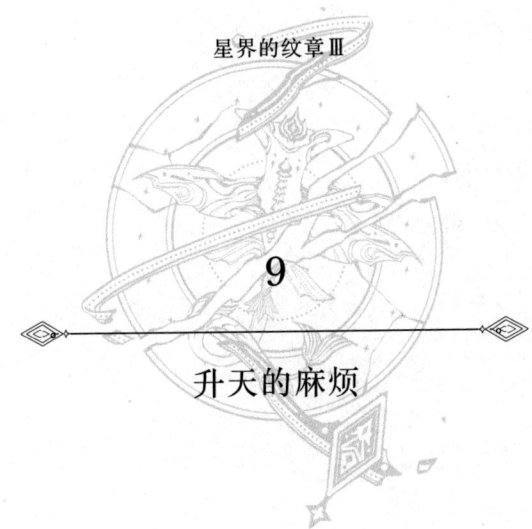

9

升天的麻烦

这家伙就这么舍不得我吗？恩特琉亚抄着手，看着凯特没有表情的侧脸。

眼看占领军征用了赶来救援的空中消防艇和空中急救艇，他满以为总算能脱身，结果还是草率了。

凯特坚持要求恩特琉亚同行，斯利特几乎没过问就批准了。

消防艇迫于恫吓着了陆。消防员、警察和没能装下的占领军士兵都被晾在一旁，火也没灭干净就让回城。

其中一艘急救艇被分派进行传令，其余全都忙着在距离古佐纽市五威斯达珠的上空，组建不受电波干扰影响的灯光信号系统，拼命寻找那台悬浮车的下落。

下方是成排的城市树，从中央处升起一群空中车，与消防艇交换着原始的闪烁信号。

太兴师动众了。

恩特琉亚暗自嘲笑。就为了跟过激派争夺两个比小孩子大不了多少的年轻人，这帮人就打算用上驻扎在古佐纽市的全部兵力。

"警部，"凯特发话了，"知道为什么把你带到这里吗？"

"不知道。"恩特琉亚的语气不太客气。

"是让你来带路。"

"你也知道，"恩特琉亚叹着气说道，"我是卢努·比加的警察，从生下来到长这么大都住在卢努·比加，根本不认识古佐纽市的路……"

"你误会了,我指的是为亚维带路。"

"啊?"

凯特露出空洞的冷笑,"带她走向地狱之路。抓住他们之后,我会当着亚维的面,先杀了你,接着是妨碍抓捕的奴隶主义者,最后是沦落为她宠物的青年。如果亚维的近似智能带有哪怕一丝感情,或许也会做出一点伤心的表情吧。"

"我跟亚维可没什么交情。"恩特琉亚心想,相比之下,我跟你的关系可要深多了。不过这话他忍住没说。

"所以说,我会用枪给你个痛快。不过,跟亚维一个鼻子通气的那些人恐怕会死得十分凄惨。尤其是那名青年,他肯定会惨叫一整晚。不用说,我会更加精心准备来送亚维上路。"

"我还以为你们会更加开化一些。"

"当然,军法禁止不经审判就处死俘虏,也禁止严刑拷打。可是,现在情况特殊,我们甚至不知道军队司令部目前在哪里,多少有自行其是的余地吧。现状如此,本国也无法面面俱到。"

这家伙是认真的吗?恩特琉亚无从判断,还是说他只是想稍微出口气,吓唬吓唬我?

对啊,这家伙根本无权做出这种决定。驻扎在古佐纽市的部队里,有比大尉官衔更高的将校。

可是,毕竟这是别人的组织,恩特琉亚根本不清楚他们采用何种指挥系统。

况且,疯狂可以传染。

装甲空中机动士兵运输艇就在几步之遥着陆。

"这边!"玛尔卡一把拉过杰特,躲进了城市树的阴影里。

刚进古佐纽市区,他们就把悬浮车扔了,否则肯定早就连人带车被打得粉碎。

拉斐尔和杰特的脏衣服也换了。玛尔卡掏钱,在附近的自助服装店买了新衣服。拉斐尔重新收好电子手环和头环,用大檐帽挡住空识知觉。

"走地下跑道吧。"敏提议。

"行。"

克拉斯比鲁反帝国战线古佐纽支部的五名成员及两名人质,向地下进发。

灯火辉煌的地下街和地上的发光路差不多宽,每五百达珠设有一个自助店。三三两两的路人保持站姿,以小跑的速度往前传送。

一行人上了自动跑道。

"我怎么感觉事情闹大了?"杰特说道。

"毕竟你们让他们的面子抹了黑还用脚使劲踩,他们肯定要跟你们拼了。"玛尔卡回头说道。

"建议你们放弃为好,"拉斐尔劝道,"他们的目标是我们,我实在不愿连累你们。"

"这话已经说晚了,"敏冷冰冰地说道,"起码我已经被你们连累惨了。他们已经知道我的名字,我这一路上都在担心家里人。"

"那就更应及时脱身。"

"我们已经牺牲了一些东西,必须得到相应的回报。"玛尔卡说。

"独立与飞船虽无可能,但克琉布王家想必会为你们至今的帮助表达感谢。"

"亚维的报恩啊,"送葬人也加入进来,"金银财宝要多少有多少。"

"不好意思,我们就想要宇宙飞船。"

"但这没有商量的余地。"拉斐尔为难起来。

"当成出借如何?"杰特插嘴,"虽然不知道他们想用宇宙飞船干吗,总之不是挑衅帝国。先不说将来,起码目前不会。那就没问题吧?"

"啊,或许可行。"拉斐尔颔首。

"没办法,那就各退一步?"玛尔卡挨个看向伙伴们。

"我想自己驾着宇宙飞船翱翔。"比尔有些不满,"不过,也行吧,到时候再找机会摆弄操舵装置……"

"想去哪儿都是借方的自由吧?"敏确认道。他看拉斐尔表示肯定后继续说,"那就行,这算曲线救国。我想促成星际独立斗争协助体制。"

达斯瓦尼只是默默地点点头。

"顺便我还想要金银财宝。"送葬人开出条件。

"远比飞船容易。"拉斐尔表示接受。

"那就这么说定了,公主殿下。"玛尔卡道,"把宇宙飞船借给我们,永久且免费。"

"我无法承诺。"拉斐尔担忧地皱起眉,"唯有请求皇帝陛下,才能做出许诺。"

"没问题,皇帝肯定会满足宝贝孙女的心愿。"

"若我能活着再次谒见陛下,定会提出请求。"拉斐尔跳上反方向的跑道,"杰特,我们走。"

"啊?嗯。"杰特紧随其后。

没想到的是,玛尔卡也跟了上来。

"我一定会让你活着去谒见。"玛尔卡低语,"跟我们来,这就送你们回宇宙。"

"这话怎么说?"杰特问道。

"送葬人是真的送葬人。"玛尔卡打了个哑谜。

"看,那里的信号。"凯特指向窗外,"是在报告已经控制住交通局。很快地下跑道就会停运,被我军士兵围得水泄不通。亚维已经走投无路。"

估计凯特实在没别的事可干,一有搜索进展就立刻告诉恩特琉亚,并且每次都以"亚维已经走投无路"结尾。

恩特琉亚听着凯特毫无抑扬顿挫的语调,感到冷若寒冰的恐惧逐渐蔓延。

现在恩特琉亚已经深信无疑,抓住亚维之时就是他的丧命之刻。凯特有没有权限并不是问题,一旦得到亚维的消息,他就会立刻乘消防艇赶到现场,兴高采烈地射杀恩特琉亚。

恩特琉亚往下看,街上到处都在燃烧。那些都是被破坏的车辆——只因为与之前那台悬浮车有一丁点儿相似,却又不愿意接受盘问。

还能看到射击的火光。

"告诫各位市民,"空中机动战车边运行边播放施压的广播,"配合我们的搜查,老实回答盘问。如果发现可疑人物,要主动报告附近的士兵。我们正在寻找亚维。告诫各位市民,配合我们的搜查……"

"你看那边,"凯特指着城市树的顶端,士兵们正闪烁着便携灯往上空打信号,"意思是,那座城市树的房间已经全部搜查完毕。挨家挨户翻个底朝天……亚维已经走投无路。"

"搜查令都没有就抄家……真是全体警察的梦想啊。"恩特琉亚尽全力挖苦道。

"是你们自找的。假如你们对民主主义和神的意志报以应有的敬意,我们也会以礼相待。"凯特仿佛在讲述已经不再的旧梦,"我们并不是占领军,而是解救军。"

"又没人请你们来,这你总该承认吧?"

"警部,真遗憾,我原本以为可以和你相互理解。"凯特的视线在窗外徘徊,又伸出手指,"你看那里……"

街上一片混乱。

民众几乎都已察觉到亚维的回归,所以难免怀疑协助占领军能有什么好处。

大半领民对占领军无爱也无恨,只当是短暂滞留克拉斯比鲁的古怪来客。政府要员被带走这一事实有损颜面,而且有人因为染蓝发被剃光头,还有人的家属被送进了"民主主义学校"。

即便如此,民众也只把这一切当作暂时性的自然灾害,甚至乐在其中。憎恶只被当成种子深埋在心底。

然而,就在这三十分钟里,憎恶的种子迅速生根发芽,茁壮成长。

道路被阻断、住家被闯入、粗暴的搜身,甚至稍有误解就开枪……这些孕育憎恶的要素基本已经齐全。

"各位市民,现在是暂时性的混乱,一切责任都在亚维。去把亚维找出来,只要亚维被捕,城市就将恢复和平。"

上空不断重复着广播,民众的憎恶仍旧指向绿褐色的军服。毕竟,这些满眼血丝端着枪的人类身上,并没有穿着亚维的黑色军装。

暴动并不需要武器或组织,不过是街上随处可见的景象:运气和注意力都欠佳的士兵遭到围殴,被夺去武器。

另一些对力气没多少自信或者更加深思熟虑的民众,就选择相互交换信息,一路避开士兵返回家里。

杰特一行也属于这类人。

"走那边。"

玛尔卡五人十分熟悉古佐纽的地形,能轻易判断出大概率有敌军把守的位置。他们时而混进人群,时而进入空荡荡的街道;他们有时跑过停运的地下跑道,上到地面穿过小路;有时走过城市树之间互通的空中走廊,横穿广场;有时以为要全速狂奔时,却又故意悠闲地散起步。

四周没人时,他们分成两拨,装作互不认识。

进入这处广场时,也是杰特、玛尔卡和达斯瓦尼一组,拉斐尔和其余三人一块儿。

就在拉斐尔一行人要先穿过广场时,从上方传来了类似咳嗽的声音。

杰特吓了一跳,抬头就见两名敌军士兵背着飞行背包,降落在拉斐尔等人面前。

"那边的女人,摘下帽子!"敌兵气势汹汹地命令。

杰特手里被玛尔卡塞进了个东西,是把麻醉枪。

"大哥,你们干吗呢?"送葬人假装发起酒疯,"看上我侄女的帽子了？"

"别想抢，"比尔也开始配合，"这顶帽子是我买的，你们有什么意见……"

"你们也太没礼貌了。"敏假装生气。

如果这时拉斐尔能一脸害怕地抓着比尔，就堪称完美。当然，骄傲的亚维公主丝毫不打算展示这种演技。

从杰特这里只能看到她的背影，不过足以想象她面无表情不屑开口的态度，仿佛在说"你们根本不值得唾弃"。

杰特一行做出唯恐避之不及的样子，迅速从旁边穿过。

"少废话，赶紧摘了。"其中一名士兵正要用枪口掀起拉斐尔的帽檐。

玛尔卡和达斯瓦尼从左右两边同时行动。

杰特也第一时间转过身，用麻醉枪抵住士兵脖子。突然的运动牵扯到受伤的左肩，他忍下剧痛，开了枪。

拉斐尔一行四人迅速趴下，她的帽子随之在半空飞舞。

"呃！"士兵哼哼一声，毫无意义地朝天空乱撒子弹。

另一名士兵没叫也没开枪，只是静静地瘫倒在地。

七人无视了士兵们携带的武器——夺走武器只会让他们更加显眼——匆匆离开了广场。

"我跟你们讲过有人往荆棘丛里跳的故事吧？"从广场进入地下街之后，送葬人这样说道。

"已经讲过了。"玛尔卡不客气地回答。

"其实还有后续。"送葬人的声音毫无感情,"那小子,出院之后也才一个月吧,又做了同样的蠢事。不用说,他又住院了。我又去探病,问了同样的问题。他说这次也记不清细节,只感觉的确是个异常绝妙的点子。"

"哦,是吗?"玛尔卡冷淡地应了声,"目的地就快到了。"

"但愿一个人也没有。"敏多了句嘴。

"找到了!"凯特一脸陶醉地解读着闪烁的信号,"找到亚维了。"

"已经抓到了?"恩特琉亚思考起余下的时间。我这一生何其短暂啊,真想快进看看我未来的女婿长什么样。

"还没。有士兵受伤被救助,据他们报告,发现了疑似亚维的少女。其中一人声称亲眼看到了空识知觉器官,应该不会错。"凯特扯出恶鬼般的笑容,"我会亲手逮住她……"

凯特不知给操作员下了什么指示,消防艇掉转头,向市区西北方向驶去。

连绵的城市树对面,出现一片尖塔群。

"那是什么?"凯特疑惑起来。

恩特琉亚一眼就看出尖塔群的用途,同时也明白了亚维身边那伙人的用意。

"不知道啊。之前就说过,古佐纽这地方我不熟。"恩特琉亚撒了谎。

"查一查不就知道了。"

"那你自己查啊,别问我。"

市营古佐纽殡仪馆:因诸多事宜,暂时关闭。

送葬人驾轻就熟地开了锁。

门毫无阻碍地敞开来。

"占领军刚来时,政府那帮人吓坏了,直接关了殡仪馆。"送葬人在前面带路,"所以占领军应该没怎么注意到这儿,说不定根本都不知道它的存在。"

"为什么要关闭?"杰特问道。

"怕被误以为是对轨道兵器。"敏解释道,"这里如果受到轰炸,连古佐纽市区都要遭殃。"

"兵器?"杰特更加困惑。

众人穿过一座小型建筑,大片风景展现在眼前。开阔的地基上,排列着五彩斑斓的尖塔。

杰特有印象——他们在进入古佐纽市前,经过了这里。

"之前我就一直奇怪这些塔的用途。"杰特快步走在长长的回廊上,眺望着塔尖,"原来是巨大的坟墓吗?"

"别把墓地和殡仪馆弄混了,"送葬人发起牢骚,"这是难以宽恕的错误。"

"抱歉。那到底是什么?"

"是棺材。"

"你说什么？"

"墓地在那里。"送葬人指向天空。

"你说什么？！"

"真是的，你们这些年轻人啊，简直无知到可怕。"

"别将我混为一谈。"拉斐尔用眼神谴责杰特，"你太缺乏常识了。人死后，遗体自然应当送入真空。"

"就是这样。亚维可以直接从宇宙飞船送进真空，我们就必须从重力井下面发射上天。"

"在我老家，尸体都是火化了埋进地里。"杰特泄气地说道。

"嚯，降落这颗行星时，我就感觉太空垃圾太多。本以为是战斗所致，原来那些都是灵柩。"拉斐尔自行解释起来。

"可是，"杰特提问，"为什么不从轨道塔送进真空？"

"小少爷，你也太没情调了，"比尔摆出夸张的架势，"所谓葬礼，说穿了是种仪式，肯定是越热闹越好。"

"我一直以为葬礼应该更肃穆……"

"你这叫偏见。"敏说道，"这种习俗估计是受亚维文化的影响，不过我们也是宇宙移民，想必不会有多大差别。"

"不，我并不是反对把人葬进真空。"说到这里，杰特终于意识到一个让他战栗的真相，"难不成送我们回宇宙，是想让我们坐这东西？！"

"什么时候了还说这种话！"送葬人和比尔异口同声。

"因为没人告诉我啊！"杰特抗议。

"真是看错你了，杰特。"拉斐尔投来轻蔑的目光，"我本以为你更具洞察力。同是亚维，我以你为耻。"

"哦，对不起……"杰特深受打击。

"不过，我尚有一个疑问。"拉斐尔对送葬人说道，"我并不熟悉这种形式的飞船，能否成功操舵？"

送葬人盯着拉斐尔，似乎大为意外，"拜托，公主殿下，这玩意儿没法操舵，也没必要。嘭地打上天，就完事了。"

拉斐尔秀丽的面孔顿时血色尽失。

"真是看错你了，拉斐尔。"杰特获得了天赐良机，"我本以为你更具洞察——"

"闭嘴。"

我怎么会期待她能听完我的挖苦呢？杰特忙着质疑自己的心智是否正常。

拉斐尔抛给送葬人下一个问题："起码具备密封性吧？"

"这不废话吗？我不知道你是怎么想的，至少我们地上人多少也懂真空的知识。而且里面还有应急氧气，能用十二小时，以防有活人误乘进去。"

回廊尽头有扇门，进门后再走一小会儿，出现了通往地下的楼梯。

楼梯对面是个小房间，里面有好些显示屏。

"准备举行葬礼。"送葬人跑到其中一块屏幕跟前。

"依照政府命令,本殡仪馆现已停业。"机械语音报告道。

"你没听说吗?停业命令已经解除了。"

"无法确认是否属实。"

"我讨厌不听话的机器。"送葬人回过头,"达斯瓦尼,交给你了。"

达斯瓦尼点点头,取出键盘连上控制台,粗壮的手指在小小的按键上飞快敲击,让人眼花缭乱。

"我一直跟他讲用语音输入更快,可他是个超级闷葫芦。"送葬人说道。

"这样,快,得多。"

"不得了,"比尔发出感叹,"你们有谁听过达斯瓦尼说这么多话?"

"他也很激动吧。"敏点评道。

"对了,那艘船用什么提供动力?"杰特谨慎地回避了"棺材"这一字眼。

"氢。"送葬人回答。

"氢?是指核聚变吗?"

"不,"送葬人用异常柔和的嗓音解释起来,"是化学反应。让氢跟氧结合,生成热量和水来使用。简言之就是靠氢燃烧来升空。"

"杰特,"拉斐尔呻吟道,"扶住我,我快站不稳了。"

"恐怕指望不上我,"杰特傻眼了,"我也要晕倒了。"

"放心吧,"送葬人安慰道,"近期都没出过事故。"

"近期?"杰特的心依然悬在半空。

"啊,是我用词不当,自从恒星社会建立以来,从没死过人,只是棺材被风刮走过。"

"太妙了……"

"对了,有两种型号,带自爆装置的和不带的,你们喜欢哪种?"

"自爆装置?!"

"棺材发射两小时后又会回到上空,可以趁机安排自爆,让送殡的亲朋好友看着夜空绽放的烟花,再次缅怀故人。"

"请给我们不带自爆的……"

"这样啊,真可惜,带自爆装置的还更高级。"

"好意心领了。"

"送葬人,"玛尔卡责备道,"随便欺负欺负他们就行了。"

"要知道,我有复仇的权利。"送葬人神清气爽地说道。

达斯瓦尼从键盘上抬起头。

"准备举行葬礼。"送葬人再次下令。

"收到。请输入葬礼负责人姓名。"

送葬人用钱包在控制台的凹槽上一划。

"请进行实人验证。"

送葬人探过头看向控制台上的小窗口,比照起视网膜。

"确认具备举办葬礼的资格,请开始办理手续。首先是费用负担人的姓名……"

"葬礼负责人垫付。"

"收到。"

送葬人冲拉斐尔一笑,"回头记得还我。"

"嗯。"拉斐尔颔首。

"接着,请出示埋葬许可编号。"

送葬人从携带终端导入一连串许可编号,"现在起,你们就是比格·坦普尔了。等真轮到比格老爷子办葬礼,可有得看了。"

"确认埋葬许可。下面请输入预定轨道……"

"玛尔卡,这里不用管了。你带他们去发射筒,第三号。你知道地方吧?"

"知道。"玛尔卡冲二人点点头,"走吧,公主殿下、伯爵公子阁下。"

恩特琉亚冷眼看着凯特,后者正跟自己用不惯的帝国制式终端死磕,试着调取信息。其实就算恩特琉亚不愿意说,他也大可去问消防员。不过,看来他已经无法相信克拉斯比鲁人了。

终于,凯特找到了要查的东西,一脸愕然地看着终端翻译出的结果,"你怎么不告诉我克拉斯比鲁人的送葬方式?!"

"你又没问。"恩特琉亚耸耸肩,同时做好了防御准备。

不过,凯特仅仅是握着拳头。

随后,他大笑起来,"她以为靠那种东西就能逃脱吗?亚维已经走投无路。"

他拍了拍同乘士兵的肩膀,下达指示。

士兵开始发送闪烁信号。

第三号发射筒入殓门的上方亮着红灯,显示着:

准备注入燃料,请稍候。

自动推车正载着崭新的精美灵柩候在门口。

发射筒位于地下。

玛尔卡告诉他们:"这是为了避免冲击风影响市区。"

比尔接着说道:"在我小时候都是从地面直接发射的,非常壮观。后来市区越扩越大,就搬往地下了。明明是殡仪馆先建的,真没道理。"

"我刚刚想到一件事,"杰特又流露出不安的神色,"星界军不会误以为这是攻击兵器吧?"

"靠氢燃烧推进的船吗?"拉斐尔勾勒着优美曲线的鼻梁根部堆起皱褶,"若是想将人笑死,或许算得上有效的兵器。"

"是吗?"

"是。并且，我的电子手环带有敌我识别信号，平流层外想必不会有电波虫干扰。"

"那就好。"

"你太爱操心。"

"这叫谨慎。你刚才不也一脸苍白？"

"我已做好心理准备，选择相信这些人。"

"我的荣幸。"玛尔卡一笑。

"呃，我当然也不是不相信……"

"玛尔卡，"扩音器里传来敏的声音，"他们来了。不过用不着担心，只有之前那艘消防艇而已。这边一分钟内就能做好发射准备。"

"你们怎么办？把我们发射升空之后，敌人或许会来抓你们。"

"看来你已经游刃有余。"玛尔卡微笑道，"大可不必担心，我们是土生土长的古佐纽人，怎么会让愚蠢的外地人逮住？倒是你们，刚送出发射筒后比较危险，因为没有装甲保护，多加小心。"

"谢谢。不过，要怎么小心？又不能操舵。"

"我听说亚维没有宗教，你也不信教吗？"玛尔卡问道。

"不，"杰特虽然不明白她的用意，还是照实交代，"我家祖祖辈辈都信长老教会，只是算不上虔诚。"

"这不就有一个办法吗？"玛尔卡一只手放在杰特肩头，

像是在鼓励他,"祈祷吧。"

"增援还没到吗?"凯特大喊大叫着。

光算上恩特琉亚数到的,这已经是凯特第五次提问了。

"到了。"向他汇报的士兵像是松了口气。

五艘空中艇抵达殡仪馆上方,正忙碌地交换着闪烁信号。

"只有五艘吗?"凯特似乎并不满意,"要知道这里是开阔地。而且,怎么都是非武装的运输艇?"

"他们在问着陆位置。"士兵说道。

"我怎么知道?只能去找哪处进入了发射状态。一旦发现,立刻击毁。"

恩特琉亚其实知道,古佐纽的殡仪馆采用的是地下发射方式,成排的尖塔不过是用于展示的灵柩弹,但他选择保持沉默。

动作快,亚维,赶紧走。

反正横竖会被杀掉,他要看到占领军吃瘪之后再咽气。

指示灯从红色变为蓝色,显示着:

入殓准备完毕。

"抓紧时间,三十秒后发射。"敏通过扩音器通知他们。

"行,别忘了宇宙飞船。"玛尔卡指着灵柩。

"嗯,我向你保证。"拉斐尔躺进灵柩里。

"还有小少爷,快。"比尔催道。

"嗯,承蒙你们照顾了……"

"记得好好报恩。"

杰特躺到拉斐尔身边。

灵柩被吸进门里,三层门依次关闭。

里面漆黑一片。

"何其屈辱……"拉斐尔喃喃自语,"为何我非得乘坐既无舰外空识知觉、亦无控制手套的飞船。"

"这可不是飞船,"杰特帮她直视现实,"是棺材,guāncai。"

"你忽然变得可憎起来……不许靠我太近!"

"我有什么办法?太窄了。好痛,我是伤员!"

"你说过仅仅是擦伤。"拉斐尔冷漠地说道。

"那是谎话。我有时会撒谎,你不知道吗?痛……都说了痛!"

轰隆隆隆隆隆隆隆……

灵柩开始震动。

"在那里！"凯特瞪大了眼睛，凝视着从地下升起的尖塔，"愣着干吗？为什么不开枪？难道没发现吗？！"

五艘空中机动士兵运输艇在尖塔的空隙之间分散着陆，士兵正在散开。

"闪烁信号！"

副操作席的占领军士兵趴在控制台上，用着陆灯一亮一灭打起信号。

与此同时，灵柩弹依然肃穆地往上升起。

尾部最终露出地面，冲击风横扫大地，好几名士兵眼看着被吹飞。

灵柩弹逐渐提高速度，稳步上升，很快就逼至消防艇眼前。

"给我撞！直接撞上去！"凯特发狂地下令。

不过，操纵消防艇的是临时征用的消防员，不可能听从自杀式命令。即便换作占领军士兵，恐怕也会迟疑。

操作员反而担心被卷入冲击波，立即驾驶消防艇向后退去。

凯特半悬在窗外开起枪，"该死，不是说增援已经到了吗？对空作战部队在干什么？！快开炮！把那个升空的麻烦给我击落！"

轰隆。

热风从敞开的窗户灌入，空中消防艇摇晃起来。恩特琉亚赶紧把脸埋到前座的靠背后面。即使是凯特，这一刻也用胳膊挡着冲击风。

等恩特琉亚再次抬起头，灵柩弹已经遥不可及，唯见喷射火焰绽放在夜空。

"该死，该死！"凯特又开起枪。

直到这时，地面才终于开始射击。

然而，灵柩弹已经抵达遥远的平流层，仿佛睥睨凡尘的凤凰，振翅拍打着喷射火焰，对子弹视若无物。

"没用了，"士兵冷漠地说道，"升空的麻烦已经成了升天的麻烦……"

听到这句话的瞬间，恩特琉亚心中勃发出大笑的冲动，笑声径直冲出嗓门。

恩特琉亚仰着身子哈哈大笑，他的心情已经很久没有如此愉快了。虽然脑海里闪过可能被杀死的担忧，但他无法抑制大笑的冲动。

"该死！"凯特带着哭腔叫道，"为什么?! 为什么幸运只眷顾他们？我们为什么就得不到神的嘉奖？就连牺牲他们中的一个也不愿意吗？哪怕我们只渴望这一丝丝的慰藉！"

这时，恩特琉亚终于懂了。亚维和西雷吉亚不老族，两个种族同样源自遗传基因改造，境遇却一个天上一个地下。凯特的憎恶并不针对个人，纯粹是对种族的强烈嫉妒。

卢努·比加市警局警部重新对宪兵大尉升起一丝同情,却依旧止不住爆笑。

恩特琉亚笑个不停。

"东经三十八度十一分,南纬五十二度二十四分,暂称第一百二十八号物资仓库破坏完毕。"克法迪斯报告道,"接下来……"

"拜托你,先任参谋,""弗图内"侦察分舰队司令官斯波尔准提督在美艳的面孔前挥着指挥杖,"别拿这种鸡毛蒜皮的报告烦我。"

"可是,司令官……"

"扫荡地上目标的任务已经交由你全权处理。"

"但我至少必须进行事后报告。"

"我的意思是根本不需要司令官出面,"斯波尔把头扭向一旁,"这不是战斗,只是单方面驱除而已。"

他有同感。

克法迪斯也已经开始后悔提议这项军事行动。

在史法格诺夫侯国空间领域俘获的运输船里,装着克拉斯比鲁驻军司令部为首的一万五千人,而且并未删除飞船记忆巢里的宝贵资料。

资料显示,他们以城市为中心,共投放了三亿只电波虫。电波虫是种微型机器,能够接收某种波长,同时释放同一波长的杂音。虽然个体的输出功率十分微弱，但加在一起则相当可观。一旦"人类统合体"制作的电波虫被放出，就不可能一举清除。不仅是星界军，连敌军自身也很难立刻停止电波干扰。

也就是说，克拉斯比鲁星地表残余的二十万敌军，不仅失去了军队司令部，甚至相互之间也无法取得联系。

星界军摧毁高山顶端的电波台，结束了全星球规模的电波干扰，已经有部分边陲之地能够接收来自卫星轨道的通知。可是，人口集中的城市里，还是听不到亚维的声音。

驰骋天际的重骑兵——"弗图内"侦察分舰队——无可奈何，只好从卫星轨道直接摧毁远离城区的敌军据点和正在移动的部队，多少也算帮助空挺舰队更好地展开工作。

老实说，这么做很没意思，讨伐没有抵抗之力的敌人不利于心理健康。麻烦的是，大部分敌军都潜藏在城市中，没法从轨道上给以颜色。

"只在有可能波及领民时，才要事先征求我的同意。除此之外，随你怎么处理这项工作都行。"斯波尔在说到"工作"二字时，无比厌恶地皱起脸孔。

"遵命。"克法迪斯领首。

"大部队还有多久才到？"斯波尔问道。

"预定于舰内时间四小时十五分后抵达。"

"是吗？"斯波尔离开座位站起身，"那我先回司令官室了，失陪。"

"是。"克法迪斯敬了个礼。

"先任参谋,有紧急通信。"通信参谋说道。

"传送过来。"

"是。"

他的电子手环哔的一声响,示意已经接收到信息。

"司令官,请留步。"克法迪斯快速浏览完内容,叫住了斯波尔。

"怎么了?"斯波尔转过身来。

"'拉德庇房修号'侦察艇救下了卫星轨道上的漂流者。"

"然后?"

"据说获救的漂流者自称帕琉纽子爵殿下,以及海德伯爵公子阁下。"

"帕琉纽子爵殿下?亚布里艾尔的公主在这种地方干吗?"斯波尔歪着头,"离家出走?"

"不,我记得……"

"真烦人,"准提督长衫翻飞,回到了司令座,"跟叛逆期的小孩子打交道可称不上优雅。"

"并非如此。"克法迪斯解释起来,"据我所知,帕琉纽子爵殿下是'哥斯罗斯号'巡察舰上的翔士修技生,海德伯爵公子阁下则是顺路搭船。因此……"

"先任参谋,这种事我知道,你也够老实的。"

"很抱歉……"

"别为这种小事道歉。"

"抱……是。"

"话虽如此,亏他们能在地上世界活下来。他们人呢?"

"还在侦察艇中,'拉德庇庞修号'的舰长询问该如何安置。我认为,妥当的做法是直接将二位接至本舰。"

"端庄的斯波尔与粗野的亚布里艾尔素来不和……"司令官埋着头抄起手,像是在自言自语。

"那就暂时让他们留在'拉德庇庞修号'吗?等待特莱夫提督抵达后再做决定?"

"你在说什么傻话?"红眸盯着先任参谋的眼睛,似乎感觉很不可思议,"接他们登舰,肯定会很有趣。"

星界的纹章Ⅲ

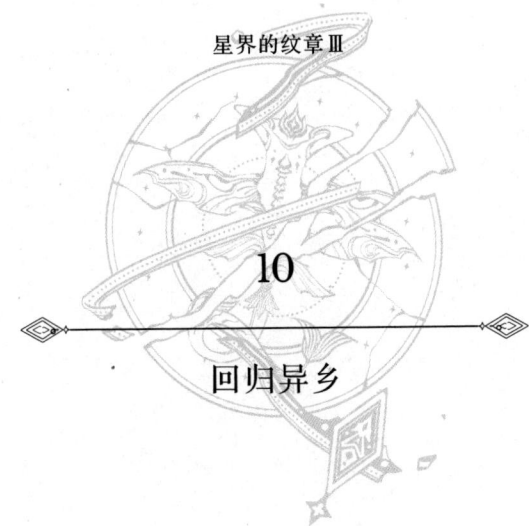

10
回归异乡

一艘侦察艇降落在"弗图内"侦察分舰队旗舰——"赫尔庇房修号"巡察舰——的起降甲板上。

"到了啊。"杰特摸着受伤的肩膀,探头看向拉斐尔的侧脸,她正在一旁抱着头,"你这是怎么了?"

"雷特帕纽大公爵,"拉斐尔直哼哼,"这支分舰队的司令官是雷特帕纽大公爵。怎会偏偏是她……"

"啊,你是说斯波尔准提督吧,她怎么了?"

"磊落的亚布里艾尔与阴险的斯波尔素来不和。"

"嚯。"

"而我不仅被斯波尔救助,还得以这身装束进行会见!"拉斐尔难为情地低头看向身上这件克拉斯比鲁风格的"连衣裙"。

"登舰准备完毕,阁下,这边请。"佩戴着后卫翔士阶级章的艇长先对杰特说完,这才有些支吾地招呼拉斐尔,"还有亚布里艾尔翔士修技生。"

拉斐尔起身敬礼。

"谢谢你。"杰特也道过谢,向气闸室走去。

大约有十名翔士已经等候在起降甲板上。

位于中央的翔士让人联想到肉食性蝴蝶,妖艳而凶猛。她的阶级章是准提督,想必正是斯波尔准提督本人。

拉斐尔走下侦察艇的台阶,抬手敬礼,杰特则低头鞠躬。

斯波尔用责备的目光注视着拉斐尔敬礼的模样,优雅地一弯腰。陪同的翔士们也纷纷效仿。

"欢迎光临,殿下、阁下。对了,殿下,还请你以帝室成员的身份驾临本舰。"

"可是……"

"我并未接到你就任翔士修技生的通知。"

"可是,准提督……"拉斐尔还在坚持。

"关键是,凭你这身衣着,我实在无法当你是翔士修技生。"斯波尔命中要害。

"那就如你所言。"拉斐尔愤然收回敬礼的手,"许久不见,大公爵。"

"可不是?上次见面还是在殿下入读修技馆的庆祝宴上。"斯波尔也直起身,"眼看殿下如此茁壮成长,我这雷特帕纽大公爵无比欣喜——不起来啊。看来,你的审美走上了歪路。这身打扮是怎么回事?"

"这绝非我的意志,"拉斐尔斜眼瞪向杰特,"是杰特……不,是海德伯爵公子的安排。"

"哎呀,"斯波尔惊讶地睁大眼,"这么说是伯爵公子让殿下穿上这身衣服,还将一头秀发染为黑色的?"

"这已经算好的,公子最初买来的衣服更具冲击力。"

"哎呀。"斯波尔不知该说什么,红色的眸子转向杰特。

杰特不知如何是好,即便解释这是必要之举,也不知这位大公爵阁下能否理解。

"恕我失敬，阁下。"没想到的是，斯波尔竟向地位更低的杰特深深垂下头。

"呃，我不太明白。"杰特愈发困惑起来。

"当我听闻巴尔凯王殿下批准创建海德伯国时，只当他是太过异想天开，心想对亚维生活一无所知的地上人怎么能胜任贵族。说句有所冒犯的话，马尔提纽的地面兵器根本构不成威胁。"

"异想天开啊……"杰特的心情有些复杂。

"然而，看来是我大错特错，阁下的功绩足以匹配伯爵之位。"

"多、多谢……"能够匹配伯爵之位的功绩？是指他保护了拉斐尔吗？可是，结合上下文分析似乎另有所指……

"亚布里艾尔极其易怒，所爆发的忿意之激烈，足以响彻整个帝国，堪称传说级别的恐怖。其中，克琉布王家的拉斐尔殿下，更是亚布里艾尔中的亚布里艾尔，其毁灭之怒火甚至被比喻为宇宙诞生的瞬间。"

"大公爵……"拉斐尔似乎有话要说。

"这样的拉斐尔殿下，"斯波尔置若罔闻，"却甘愿染起黑发，穿上这种奇装异服，即便亲眼所见，如此伟业也让我难以置信。这份功绩别说是伯爵，就连侯爵，不，即便是公爵之位也名副其实，让我打心底里叹服。"

杰特垂下头。他没法真把这席话当作赞美，不如说对方是在拐弯抹角批评他让拉斐尔穿着一身奇装异服。

"杰特，不必在意，"拉斐尔带着几分同情，"她是在拿你打趣我，以此为乐。斯波尔生性扭曲，堪比核酸分子。借她所言，雷特帕纽大公爵家的佩涅珠阁下，更是斯波尔中的斯波尔，正是她，将斯波尔一族耗费千年练就的指桑骂槐技术提升到艺术的领域。"

"呵呵呵呵呵呵。"斯波尔仰着雪白的脖子大笑起来，这才首次直视杰特的双眼，"不过，公子，我中意你是事实。若你有朝一日成为主计翔士，请务必成为我的战力。"

"大公爵，来日方长。"拉斐尔不知为何匆匆打岔，"能否为我提供军服，以及去除发色？"

"军服立刻就能准备，不过染上的颜色要如何去掉？沐浴即可吗？"

"沐浴无法还原。"

"那该如何是好？"

"我也不清楚。"拉斐尔看向杰特。

斯波尔也看向杰特。

杰特无计可施，"我记得，使用说明书上似乎有写……可是早就扔掉了……"

两位女性亚维依然目不转睛地凝视着杰特。

"我想想，"杰特提议，"克拉斯比鲁到处都有这种染发剂，要不下去打听一下……"

"就在此刻,我莫名升起一个可怕的念头。"斯波尔一个寒战,"我光荣的'弗图内'翔士要下到仍受敌军控制的地上世界。等镇压敌军抵抗,军服浴血后,抓住吓破胆的领民,然后这样问道:'你知道如何洗掉染发剂吗?'啊,别这样,'弗图内'想必会威信扫地。"

"确实是。"杰特垂下肩膀,获救之后他不小心忘了,敌军还在克拉斯比鲁地面上顽抗。

"这样吧,还请殿下提供一根头发,送去药剂科,让他们分析之后调配出能够洗去着色的药品。如何?"

"有劳。此外,"拉斐尔拉出胸前的记忆片,"这是'哥斯罗斯号'巡察舰的航行日志。"

翔士们向拉斐尔举起的记忆片敬礼。

肃穆的几秒钟之后,斯波尔示意:"先任参谋,请接收。"

"是。"这是位鲜绿发色的翔士,端正的眉眼间刻着深深的疲惫。他毕恭毕敬地接下了记忆片。

"那么,殿下、公子,这边请,接下来带你们去房间。啊,看来公子还是先去躺医务室为好。"斯波尔陶醉地注视着杰特的左肩,"真是的,怎么可能发生这种事?让殿下打扮得如此滑稽,却仅仅只是赔了个肩膀!"

"并非我开的枪。"拉斐尔气到不行。

三十七分钟后——

特莱夫舰队旗舰"凯尔迪朱号",经由史法格诺夫门返回到普通宇宙。

进入普通宇宙的同时,"赫尔庇庑修号"发出大量信息,"凯尔迪朱号"则贪婪地吸收着情报。

"阁下。"卡休尔千翔长叫道。

"干吗?"特莱夫提督抬起头。

"据悉,帕琉纽子爵殿下与海德伯爵公子阁下获救了。"

"什么?"特莱夫目瞪口呆,这消息让他难以置信。

他的确知道两人原本在"哥斯罗斯号"巡察舰上,可是,为何会出现在这种地方?

"'哥斯罗斯号'还健在吗?"

"不,很遗憾,'哥斯罗斯号'的确已被击沉。"

"这样啊,确实遗憾。可是,公主殿下怎么会在这里?"

"据说是受舰长之命逃脱,来到这里的地上世界避难。不过,还没写成报告书,尚不清楚详情。"

"唔,可以理解。"

"公主殿下带回了'哥斯罗斯号'的航行日志,其中记载了相当耐人寻味的事实。"

"说来听听?"

"已经判明敌军是从何处拥出。"

"从哪里?"

"凯修一百九十三号门。'哥斯罗斯号'舰长推测,他们是将门运送至4.1光年外的巴斯克顿星系再加以利用。"

"蕾克修百翔长啊……她是位优秀的翔士。"特莱夫来回踱起步。

"是的。整个推论过程有理有据，我也赞成百翔长的意见。虽然才刚从被俘战舰的记忆巢里分析出一点信息，不过想必会印证百翔长的推论。"

司令座舰桥上显示出平面宇宙图。

"此地，"卡休尔建议，"和凯修一百九十三号门之间，有两处领地，分别为加姆特修子爵领地和费布达修男爵领地。我想应当立即分派舰队，尽可能让领主及家臣避难。"

"能不能绕过凯修一百九十三号门联系上渥拉修伯国？"特莱夫停下脚步思考起来。

"值得一试。派'弗图内'吗？"

"'弗图内'难道不需要休息吗？"特莱夫有些担心。

"唯有'弗图内'能够胜任。"卡休尔语气坚定。

"是啊，"特莱夫点点头，"必须速战速决，就把'弗图内'当驴使吧。"

"是。不过，不能让获救的二位同行。"

"这还用说，你干吗总有这么多废话？立刻安排换乘舰。"

"收到。"

"治疗完毕。你的伤应急处理做得很到位,"外表看起来像地上人的军医取下杰特肩头的医疗支援机,"甚至用不着做手术。暂时会有些不方便,不过抵达拉克法卡尔前,组织应该就能完全再生。"

军医给杰特左肩包上绷带,做了硬化处理。

"多谢。"杰特盯着左肩,手肘以上已经全被新的绷带固定。

"你的衣服送来了,希望你会喜欢这种款式。"军医将连体衣递给他。

衣服的左臂部分与躯干合为一体,只在靠近腰侧的位置留出衣袖,是配合杰特当前体型特别裁剪的。

"我很喜欢。"

杰特穿上衣服。

一名列翼翔士就像算准了时间似的,治疗刚结束就进入医务室。

"本分舰队即将执行新任务,"列翼翔士告知杰特,"必须请阁下离舰。"

"这就要走了吗?"杰特有些惊讶。

"舰长深感遗憾,说原本想邀二位进餐,听听你们的冒险故事。"

"请替我转达对她的谢意。"

"好的。那么，请跟我来。"

杰特告别军医，走出医疗室。

列翼翔士带他来到起降甲板。

"阁下与殿下将换乘'艾克卢鲁号'联络舰，直接前往帝都，三天左右您应该就能回家。"

"我还从没去过拉克法卡尔呢。"杰特坦白。

"真的吗？"翔士有些惊讶。

杰特登上短艇时，拉斐尔已经在等他了。她穿着没有阶级章的军服，发色已经变回深蓝。

"呀，跟从前一样了。"杰特快活地打起招呼。虽然黑发和"连衣裙"的打扮也难以割舍，不过现在看来，还是深蓝头发和军服最配她。

"你真这样想？"

"是啊，肯定的……"拉斐尔的眼神和口吻都透露出危险，杰特有些拿不准。

"那你仔细看，"拉斐尔抓起一束头发，"褪色了。"

这样一说，发色似乎是有些偏淡，甚至接近蓝色。

"不过，这种颜色也很漂亮。"杰特安慰她，接着开始思考要找什么借口，不过他意识到并没有这种必要。

当时是不得不染发，而且，现在也没有理由急着换回来。多花些时间分析，说不定就能调配出不伤头发还可以洗掉染发剂的药品。

"我并不是责备你,"拉斐尔说道,"仅仅是对你的记忆力表示失望。"

"可是,真没多大区别!"

即便拉斐尔之前并没有生气,可杰特这句话也成了决定性的转折点。

公主哼了一声扭过头,直到第二天坐到早餐桌前,都没对杰特说过一个字。

星界的纹章 III

11

帝都拉克法卡尔

这座帝都没有地图。构成都市的建筑物并不经由大地相连，而仅仅是滚动在重力形成的空间弯曲面，随时都在变化位置。唯有帝都交通厅能够掌握瞬间的位置关系，不过下一秒又会发生变化。因此，帝都又被称为"混沌之都"。

她还有一个称呼——"龙的颈根"。因为"八颈龙"既是帝国的纹章，也隐喻着帝国本身。八个王国以及与之相连的航路，常被描述为龙的八个头颈。如此说来，八颈相会之处只能是这里。

更为直接的称呼是"八门之都"。拥有不止一扇"门"的星系不在少数，可是纵观人类宇宙，这是唯一一个拥有八扇"门"的星系。在遥远的过去，以这座都市时间计算的一千年前，巨船载着从广袤宇宙收集的八扇"关闭之门"，在这里开启。

她还被称作"帝国的摇篮"。人类历史上最大的帝国以此为起点，堆砌起火焰与鲜血写就的历史。

在这段凄惨的历史当中，她还获得了"永不陷落之地"的别称。因为即便胜算渺茫，帝国也会骄傲地挑起战争。这座帝国的首都曾三次目睹敌舰的驱动烈焰，却从未品尝过陷落的苦果。曾一度攻至帝都的那些国家，现在都已成为帝国的血肉。

另一种称呼是"爱之都"。这一种族日常生活在轨道官邸和舰船上，稀疏分布于广大领域，邂逅的机会十分有限。

因此，照惯例，他们将在这座都市度过一生中的半数时间。这里随时都在举办开门迎客的盛宴，他们聚集于此，寻找意中人来一场超新星般的热恋。

"故乡"二字也可以指代这座都市。种族的大多数成员，都是这座都市里爆炸性热恋的结晶。他们在这里生长，然后四散宇宙，终有一天再度归来。

"混沌之都""龙的颈根""八门之都""帝国的摇篮""永不陷落之地""爱之都""故乡"——这就是帝都拉克法卡尔。

照耀帝都的恒星名叫亚布里艾尔。没错，对亚维而言，"亚布里艾尔"既是祖先居住的都市船，也是皇帝的姓氏，亦是照耀故乡的恒星，根源可以追溯到制造出亚维的那个种族。彼时，亚维那些间接的祖先尚未解开宇宙之谜和遗传的奥秘，还在弓形小岛上过着农耕生活。他们所崇拜的太阳女神名叫"亚马特拉斯[1]"，其发音经过显著变化，就成了"亚布里艾尔"。因此，这片星系被称为亚布里艾尔伯国。按照习俗，亚布里艾尔伯爵是历代皇帝的专属称号。

如果靠近亚布里艾尔恒星，应该能看到恒星被关在一个由细纤维编织的巨大球型笼子里。细也是相较于恒星本体而言，这些条状的构造物实际宽达五百威斯达珠。条状物面朝恒星一面是光电池，反面排列着无数直线加速器，日夜不停

---

1. 亚马特拉斯，发音为"Amaterasu"，指日本神话中的天照大神。

地制造着反物质燃料。这不仅是帝国内,更是已知宇宙范围内最大的反物质燃料制造工厂。

帝都拉克法卡尔直径三百赛达珠,大致呈镰刀状,运行在距离恒星亚布里艾尔六泽萨达珠的轨道上。帝宫、王宫、诸侯的帝都官邸、士族或国民的集合住宅、空间庭院、商店馆、星界军设施、造舰厂……帝都就是这样一个人工行星的集合体。无数的交通艇穿梭其中,从平面宇宙降下的舰船也正驶入都市。各个设施都具备一定程度的机动力,能够自动回避冲撞。

在拉克法卡尔的更外侧,距离约一千赛达珠的轨道上,八扇"门"等间距分布,各自带领一个空间机动要塞,公转方向与帝都相反。

杰特与拉斐尔搭乘的"艾克卢鲁号"联络舰,通过八扇"门"中的"伊利修门",驶入了亚布里艾尔伯国。

联络舰不同于联络艇,构造类似小型货/客船,主要用于运送携带情报的贵宾或传令兵。舰内有十二间卫生设施完善的客房,甚至还有小小的聊天室。

杰特在起居室里无事可做,来到聊天室一看,难得拉斐尔也在。

"哟,报告书已经写好了吗?"杰特打起招呼。

"嗯。"拉斐尔回过头,指向正面的大屏幕,"你对拉克法卡尔有什么印象？"

大屏幕上正显示着亚维的"故乡"。

杰特首次目睹的帝都拉克法卡尔是成群的光点，华彩相争，璀璨炫目。联络舰与拉克法卡尔正处于同一轨道平面，仿佛在从旁眺望银河。

"远超想象，太壮观了。"

"是啊。"公主满意地露出单纯的笑容。

杰特拿起咖啡，坐到拉斐尔身边。

他对拉克法卡尔的评价不掺杂一丝虚假，不过，占据他内心的却是截然不同的感情。

是寂寞。

虽然绕了不少远路，不过从渥拉修伯国到帝都拉克法卡尔的旅程即将抵达终点。这也意味着他与拉斐尔的分别，而且，这一别，或许就是永远。

而拉斐尔呢，也不顾杰特的心思，只说必须写报告，成天关在屋里，只在用餐时能见上面。

"你可听舰长说了？"拉斐尔问。

"说什么？"

"我们将前往帝宫。"

"直接去吗？"杰特很惊讶。

"嗯。皇帝陛下有很多话想聊。"

"是想跟你聊吧？"

"不。与我自不用说,她似乎也想与你交流。"

"不是吧?"杰特缩起肩膀,"你说得倒轻松,毕竟她是你祖母。"

"我已有一年未见过祖母。"

"哦,那肯定存了很多话要说。"

"确实有,但陛下恐怕没有闲暇。你或许忘了,帝国正值战争。"

"我当然知道。不知战况如何了,你有消息吗?"

"我也一无所知。"拉斐尔略歪起头,"你在担心?"

"肯定啊,你忘了我的故乡在哪里吧?"

海德伯国就在战场对面,那是杰特的故乡。那里的人们将他称为"叛徒之子"。

伊利修王国的国土呈圆环状,虽然并未直接断绝联系,可是一想到可能像史法格诺夫侯国那样被占领,他就心神不宁。

估计故乡的人们会比史法格诺夫的领民更愿意接纳占领军吧。即便他不去想象,脑海中却不受控制地浮现出父亲海德伯爵可能遭受的处置。

他们已经多年不曾相见,而且他从小与父亲的关系就很疏远,但不可否认,那是他唯一的血亲。

"啊,是啊。"拉斐尔一脸局促,"我不该问出这么愚蠢的问题。"

"没事,在克拉斯比鲁的时候,连我自己都忘了。"

"毕竟最近都在忙这忙那。"

"你有时说话真的非常含蓄。"杰特感慨。

帝都的灯火逐渐近了,已经能看清最前方构造物的模样。只见好些圆球层层叠叠,巨大的管道如触手般扭动,看起来就像困在进化死胡同里的奇妙生物。

"那是贝图尔造舰厂,'哥斯罗斯号'巡察舰就诞生于此。"拉斐尔介绍道。

"这样啊。"

"看那里,"她指向贝图尔造舰厂外悬浮的球形物体,"那是幼儿园,在'故乡'随处可见。内部无重力,有柔软内衬,飘浮着发泡材料制成的星星。孩子出生后不久,会戴上头环由他人放入其中,亲身体验作用与反作用的法则,学习如何使用头环。必须在大脑固化前如此训练,否则无法形成航法野……"

拉斐尔开始给杰特讲解帝都。杰特嘴上附和着,心里却在想:不知即将迫近的离别是否也让她感到些许的寂寞和不舍?

抵达帝宫后,一脸严肃的侍从们从拉斐尔身边带走了杰特。

有过费布达修男爵领地的经历,杰特心里有些发毛,不过还好只是多虑。他被领到宽敞的浴池，在热水里尽情舒展了身体。

等他彻底洗干净走出浴池后，换洗衣服已经准备妥当。

就和军医预测的一样，他的肩膀已经康复，左肩开出的洞已经被新生的皮肤覆盖，骨头也感觉不到丝毫疼痛。

杰特穿上从肩膀伸出衣袖的普通连体衣，套上长衫。为他重新准备的头环就跟在男爵领地被夺走的那副一模一样，还有从赛尔奈那里借了就没还的电子手环。

杰特穿戴好亚维贵族的正式着装，发出之前交代好的信号。

"这边请。"侍从前来为他带路。

移动台正在走廊上等着他。

"请登上去。"

"好。"杰特站上平台。

侍从随后也站上来，往控制台输入命令。

"请问，我们这是要去哪里？"平台开始移动后，杰特怯生生地问道。

"我奉命带您前往谒见大厅的休息室。"

"谒见大厅？！我听说只有在重大活动的时候才使用那里……"

"正是如此。"

"请问，是有什么大事吗？"

侍从回过头，扬起一侧藏青色的眉毛，"您是真不明白吗？"

"不，当我没问。"没把他的洞察力和蓝藻植物画等号就已经够好了。

"杰特，别这么坐立不安。"拉斐尔皱起眉。

她已经先一步抵达休息室，正在喝饮料。

"你有时真的强人所难。"杰特静不下来，"我到底该怎么做？有什么特别的礼节吗？"

"并无太多讲究，保持常识性的礼仪即可。"

"希望你别忘了我还不怎么熟悉亚维的常识。"

"你可以效仿我。走到王座跟前，行最高礼仪，等待被点名。简单吧？"

"听起来是不难。"杰特承认。

"很简单。"

侍从走进来说道："殿下、阁下，让二位久等了，已准备妥当。"

"好。"杰特正要走向侍从。

"错了，走这里。"拉斐尔指向巨大的门扉。

"看吧，一开始就出错了。"杰特嘟囔道。

"你与我并排，保持步调一致。"

"啊，嗯。"

"抬头挺胸,别忘记你是英雄。"

"哇,这我可是第一次听说。"

"笨蛋。"

大门开启。

谒见大厅里洒满柔和的晨光,室内直接散射着恒星亚布里艾尔的光辉。

顶棚跨着无数的横梁,却没有应当支撑的屋顶,朗朗晴空——即散射面——延展开来。纹章旗从梁上垂下,全都是构成帝国的各家诸侯的旗帜。杰特发现,最前方正是海德伯爵家崭新的纹章旗。

大厅左右两侧,威严的仪仗从士一字排开,踏着漆黑的大理石地面,向王座走去。

军乐从士奏响帝国国歌,虽然没人唱出声,但杰特知道歌词:歌颂帝国永久繁盛,直至目睹宇宙的垂垂老态。带着典型的亚维色彩,桀骜不驯、暴虎冯河。

杰特不想重蹈初识拉斐尔时的覆辙,已经在联络舰里努力记下了可能面对的那些显贵的长相。

多亏做了功课,他能认出站在正对面的三人。

八王家的纹章旗簇拥着翡翠王座,王座背后是更大一号的帝国旗。从王座起身的自然是拉斐尔的祖母,也就是皇帝拉玛珠陛下。在她右侧,比王座低一级的台阶上,站着一名灰绿发色的男子,他是拉斐尔的父亲克琉布王杜比斯殿下。

更下方，站着一位面带微笑的蓝发美少年，想必是拉斐尔的弟弟，威姆戴斯子爵杜希尔殿下。

杰特的大脑一片混乱，无论皇帝还是克琉布王，怎么看都像是拉斐尔的同辈，克琉布王甚至比皇帝更显年长。他自以为理解亚维年龄增长的规律，可是等到亲眼所见，依然深感不可思议。不知亚维自身是如何处理这一矛盾的？

在能够仰望王座的位置铺着白色绒毯，拉斐尔跪了下来。

杰特也连忙效仿。

"伯爵公子，不必下跪。"有人在他身边说道。

杰特惊讶地抬起头，只见拉玛珠已经走下王座，站在他跟前。

"站起身来。"拉玛珠催促。

"是。"杰特站起来。

"公子，你大可接受亚布里艾尔的感谢。此人，"她指着拉斐尔，"尚属无名之辈，但具备不少可能性。是你，将这种可能性带回。若是没有你，我此生必不可能再见到这只雏鸟。"

"您过奖了。"杰特满脸通红，"我……在下并没有什么功劳，反倒是一路受助……"

"并非如此，公子。"拉玛珠执起他的手，"我不会因为你尚未察觉，就否认所有事实。不过，若非你教她何时应当退避，此人定将鲁莽直前，早已倒下。误判退避时机虽是我族顽疾，但此人气性尤甚。而你是熟悉地上世界的亚维，若没有这份难得的特质，谁知会是何种下场。"

近在眼前的美丽面容与拉斐尔颇为相像，看向杰特的红褐色双眸里盛满感激。皇帝的手虽然冰凉，却有说不出的暖意。

杰特手足无措。

"公子，我也向你致以最诚挚的感谢。"杜比斯说道，"对生于拉克法卡尔的我们而言，地上世界纯属异乡。我们中的大多数都诞生于亚维的世界，死于亚维的世界，终其一生也不会在地上世界留下足迹。或许此言会让你感到不快，老实说，我们对地上世界心怀恐惧。公子，万分感谢你从地上世界将小女带回。"

"可是，"杰特下决心做出反驳，"地上世界也有很多真诚的人，这次如果没有他们的协助，我们肯定已经被敌人抓住了。"

"公子，你误会了，"杜比斯露出微笑，"我并非在说地上世界的人全都内心邪恶。要论邪恶，我们并不逊色。只是，地上人的生活与亚维太过不同，文化的差异可以轻易置人于死地。再加之，眼下那片土地正被外敌统治，那些人厌恶我们如厌恶蛇蝎。若没有你从中斡旋，小女现在不会站于此地。"

"正是如此，公子。"拉玛珠说道，"我已读过公主的报告书，因此知晓地上世界有人相助，使你和公主最终能够获救。我对他们也报以无尽谢意，只是，现在应当先对你道谢。"

"可拉斐尔也帮了我不少，尤其是在宇宙里。"

"那是蕾克修下达的任务。"杜比斯说到这里，标致的脸上有一瞬间的阴霾，"公子，你并不习惯真空世界，小女正是受命帮助你体验陌生的世界。但并没有人命令你，必须在地上世界为她提供帮助。"

"公子，你应当以自己的举动为荣。"拉玛珠劝道，"起码，现在对我等而言，这是无比崇高的行为。"

"伯爵公子阁下，我也想向你道谢。"杜希尔态度客气地插嘴，"非常高兴能再见到姐姐。"

杜希尔坦诚的感谢，终于缓和了杰特的心绪。皇帝和王的感谢规格实在太高，让他无法真切感受到谢意。即便二人语言诚恳，可他总感到格格不入，仿佛他们嘴里所夸赞的并不是自己。

"殿下，这是我的荣幸。"杰特低下头，"还有陛下和王殿下，承蒙厚爱，实不敢当。"

"你的功绩受之无愧，杰特，"拉斐尔小声送上鼓励，"大可以更加堂堂正正地接受。"

"我就表现得这么不镇定？"杰特很意外，他本以为自己已经尽全力保持了威严。

"嗯，一脸苍白，就像正被吊起来食用一样。"

"我的爱女,看来你写漏了,"杜比斯露出饶有兴致的表情,"我还不知你与海德伯爵公子如此要好。"

"父亲,经历了那样的危机,自然会要好起来。"拉斐尔回嘴。

"我想也是。"杜比斯坏笑着表示同意,"拉斐尔,如何,久违的散个步吧?"

"去吧,拉斐尔。"拉玛珠沉着声音说道,"我必须履行令人不快的义务。伯爵公子,你跟我来。"

"是……"杰特问道,"请问,不快的义务指什么?"

"我必须向你传达噩耗。"

拉斐尔跟在父亲身后,踏着白沙。

清水在铺设的白沙上形成小河,倒映着柔和的反射光。墙壁和天花板也都洁白无瑕,没有一丝污痕。

许多白柱耸立其间。由于并未进行镶嵌,需要近距离才能分辨出柱身用小字刻着的密密麻麻的名字。

这些名字的主人都为帝国献出了生命。无论身份高低,都以牺牲的顺序依次雕刻。如果同时牺牲,则按照字母的先后顺序排列。如果仔细查看,应该不难发现"亚布里艾尔"的姓氏四散在士族和国民的名字之间。

每根石柱的顶端都雕刻着相同的语句:

帝国镌铭汝名

这里是"镌铭大厅"。对冷眼嘲笑各种宗教的亚维而言，这就是最为神圣的空间。

杜比斯走到其中一根石柱前，说道："我说过'欢迎回家'了吗？"

"不，还不曾说过。"拉斐尔回答。

"那么，浪子啊，欢迎回家，你受累了。"杜比斯回过头，"即便肉体依旧年轻，精神却一定会随年龄老去。就算亚维到死都能拥有青春的肉体，真正的年轻岁月却转瞬即逝，而我正在品味这一过程。你正值芳华，却体验了难得的经历。"

杜比斯重新看回石柱，凝视着其中一点。

拉斐尔也凑近一看，刻在此处的名字是：蕾克修·卫弗·罗贝尔·普拉奇亚。

"还有一件事也尚未对你说起，吾爱。你的遗传基因未经加工，保持了自然结合的原貌。也因此，你的耳朵在亚布里艾尔中偏小。"

拉斐尔抬起头问道："这是为何？"

"自然是因为并无必要啊，拉斐尔。普拉奇亚偶然赠予了如此完美的礼物，以我这样的才能，无法经由加工使你更加完美。"

"父亲，我说不出原因，"拉斐尔对自己的感情表示困惑，"可是听到这席话，我很开心。"

"是吗？"杜比斯轻快地笑了，"那就好，我生怕你会因为耳朵一事恨我。"

"实话说,确实有一些恨。"拉斐尔坦白。

"哎,这也是没办法,我的美人。"说完,杜比斯陷入沉默。他抿着嘴,出神地看着刻在石柱上的名字。

拉斐尔默默站着,注视着父亲和石柱。

"那些日子真是无比美妙。"杜比斯终于娓娓道来,"于垂死巨星身旁、于事件视界[1]的边缘、于渴望化为星球的星云之中……我与普拉奇亚相爱,利用彼此的特权,给彼此带来天大的麻烦。"

"特权?会给人添麻烦吗?"

"应当说,会惹来麻烦。"杜比斯的嘴角浮现出微笑,"放心吧,幼子,恋爱对你而言为时尚早。"

"是这样吗?"拉斐尔想反驳,却不知说什么好。

"当那些美妙的日子即将离去时,我不敢相信这会是真的。虽然难以置信,我整个人却已听到正在远去的足音。所以,最起码……"

"父亲,难不成……"拉斐尔心中升起疑问,"您是说,为了纪念普拉奇亚卿,才生下我的吗?"

"有何不可?"杜比斯抚摸着蕾克修的名字,"那时,对我

---

1. 事件视界,是一种时空的曲隔界线。视界中任何的事件皆无法对视界外的观察者产生影响。在黑洞周围的便是事件视界。

而言，普拉奇亚就是一切。你说，我的明星，想将那一刹那的美好回忆永远留在身边，岂非理所当然？"

"我并非纪念品，父亲，也不是普拉奇亚卿的复制品。"疑问化为了怒火。

"当然，你这激情的俘虏，你并不是她。普拉奇亚十分聪慧，绝不会无缘无故大呼小叫。"

"无缘无故？！"拉斐尔更加愤怒，"我就是我，我原以为父亲爱着我。"

"我当然爱你，否则怎会叫你吾爱？"杜比斯不为所动。

"那是因为您将我当作普拉奇亚卿的纪念。"

"你错了，我爱的是你本身，我的亚布里艾尔之花。"

"父亲，我难以信服。"

"我并非想让你信服，美丽的小顽固。不过，你只需记住这句话，你因纪念普拉奇亚而诞生，成长为我的爱。现在你虽长相酷似普拉奇亚，内在却截然不同，但我不会告诉你不同在何处。即便曾经我的确经由爱你来爱普拉奇亚，但我早已不再透过你去看她。"

拉斐尔难以接受。无论是从做人的角度，还是从翔士的角度，她都对蕾克修百翔长心怀尊敬和憧憬。可是，拉斐尔希望以独立的人格获得父亲认可。虽然父亲嘴上这么说，却让她感到是种敷衍。

"请父亲告诉我，将我编入普拉奇亚卿的战舰，是您的考量吗?"

"毕竟,就偶然而言未免太过凑巧啊。我想让她来雕琢我精心培育的瑰宝,我的珠玉。虽然我是预备役,姑且也具备准提督的军衔,从中斡旋并非难事。"杜比斯略微陷入沉思,"唔,应当说预备役到此为止。战争已经拉开帷幕,一想到将在巴尔凯王家的少爷手下做事,我就心里发冷。"

"巴尔凯王殿下应当与父亲同岁……"拉斐尔有些下意识地指出这一点。

"我比他先离开人工子宫三个月,这可是极大的差别。孩提时代,论打架我从未输给过那位小少爷。"

"对了,父亲,"拉斐尔脑海里浮现出新的疑问,"让杰特登上'哥斯罗斯号',也是父亲的安排?"

"没错。"杜比斯表示肯定,"不过,几乎只是偶然。当时共有十五艘战舰适合伯爵公子搭乘,而我暗中推荐了'哥斯罗斯号'。我希望你能交上一个地上世界出身的朋友,只是没料到你们会如此要好。"

"怎么一切都像是父亲在幕后操纵……甚至包括'人类统合体'的入侵。"

"这是过于高估我了,我的女儿。试试看去为敌人领路吧,会被你的祖母大人撕成碎片。"

"即便如此,父亲也在暗地里做出种种安排,只为打造我……"这一事实让拉斐尔不太好受。

"因为我是你的家长。你继承了普拉奇亚的基因,由我一手抚育长大。不过,这已是过去式。现在,你已是帝国的女儿。"

"果真如此吗?"拉斐尔看向杜比斯的侧脸,目光中透着疑惑。

"她是位杰出的女性。"杜比斯无视爱女的疑问,重新陷入回忆中,"初次邂逅时,我是个不成材的十翔长,而她是前程似锦的列翼翔士。我有上百个迷上她的理由,可直到今天,我依然丝毫不懂她爱我哪里。"

"是爱殿下这个称号吧。"拉斐尔说完才惊愕不已,连她自己也不明白为何会这样恶语相向。多半是源自对父亲的气愤。

杜比斯回过头,眯起的双眼昭示着他的怒火。拉斐尔的父亲拥有族中罕有的温和性格,不过毫无疑问,他也是亚布里艾尔。"你自幼就熟知普拉奇亚,也乘过她的战舰。即便如此,你却将自身一半的来源,归咎为利欲熏心的女性吗?亚布里艾尔·尼·杜布雷斯克·帕琉纽子爵·拉斐尔,你想清楚再作答!"

"不,"拉斐尔垂下头,"她绝非这种人。"

杜比斯观察了片刻女儿的反应,或许是从她的态度中看出了真心的悔悟,这才说道:"那就好,小傻瓜,别再说出这种无心之言。"

"是……"拉斐尔没法抬起头来,"我还有一事相问。普拉奇亚卿对我作何评价，您知道吗？"

"当然，她给我的私信里有一句话：她以你为傲。"

"以我为傲……"

拉斐尔脑海中闪过曾经与普拉奇亚共度的那些日子。这名女性之于拉斐尔，以地上世界通常的观念而言，应当称作"母亲"。记忆纷纷复苏，偏偏全都是快乐的片段……

她的视线忽然模糊起来，有温热的东西滑落脸庞。

"你在哭吗，拉斐尔？"杜比斯注意到。

"我并非因为被父亲训斥而哭。"拉斐尔抽抽搭搭，仿佛回到了幼年时期。

"那你是在悼念普拉奇亚的死吗？"

拉斐尔拼命忍着呜咽，说不出话，只是默默点头。

"我对此很失望，非常遗憾。看来是我的教育出了问题。"不过，他的口吻充满慈爱，"如此说来，你上次哭泣还是身在襁褓时，我的钢铁之心。"

杜比斯将拉斐尔揽入怀中。

"你听好，我族也有需要维护的名声。冷酷的亚布里艾尔、绝情的亚布里艾尔，纵使亲友挚爱被死亡之手掳走，亚布里艾尔也面不改色……这样的亚布里艾尔若是被人知道掉了眼泪，祖祖辈辈奠定的恶名该如何是好？可以怒，偶尔也可以笑，但你记住，生为亚布里艾尔，没有权利哭。即便只当着族人的面，也不可掉以轻心。实在想哭时，别让任何人知道。"

"父亲真滑头。"拉斐尔从父亲胸口抬起被泪水浸湿的脸蛋。

"怎么说?"

"你并未教我如何在恸哭时不掉眼泪。"

杰特和皇帝一起来到一个房间,一名身着军服的男子正等着他们。

"这位是军令总部情报局的比尔司克斯副百翔长。"皇帝介绍道,"副百翔长,为海德伯爵公子说明情况。"

"是。"

房间中央投影出平面宇宙图,范围包括所有的人类已知领域。

史法格诺夫门附近出现一片红色。

"我想您已知道,这里发生了交战,最终星界军获胜,收复了史法格诺夫侯国。"

史法格诺夫侯国与渥拉修伯国之间出现了红点。

"这里是凯修一百九十三号门,是敌军的入侵点。'弗图内'侦察分舰队正强行进行武力侦察……"

从凯修一百九十三号门延伸出红色的虚线,将伊利修王国从中切断,与虚线相交的"门"也发出红光。

"敌军将周围的'门'化为临时军事据点,彻底阻断了交通。不过，如果仅是此处，星界军可以轻易突破。问题在于这里……"

伊利修王国内，从拉克法卡尔的角度看去，史法格诺夫门的相反一侧，也出现一片红色区域。边界模糊，里面包括了不少"门"。

比尔司克斯将红色箭头从中推出，猛然袭向伊利修门，即通往拉克法卡尔的入口。

"敌军相当于一百二十支分舰队的势力正向帝都进发，在史法格诺夫侯国方面的动作仅是佯攻而已。我们也已做出预测，不过并未料到他们在伊利修王国也开启了入侵点。"

他从伊利修门送出蓝色箭头，与红色箭头发生冲撞。

"在帝国舰队司令长官殿下的指挥下，我们也派出一百四十支分舰队进行迎击。虽然成功击退敌军，但损失可谓惨重，我们失去了众多优秀的男女及战舰。"

平面宇宙图消失了。

"以上就是目前了解的情况。据报告，现在帝国舰队转为追击，正在侦察入侵点的情况。只是，敌军无疑正加强防御，而我军没有余力发起大规模军事行动，因为一方面要重建星界军，另一方面要派兵镇守边境，同时调查是否还有别的入侵点。恐怕至少需要三年时间做准备，才能打破出现在伊利修王国的这两堵墙。墙的对面，仅有相当于一支分舰队的兵力，而且是东拼西凑的，实际并不属于统一的指挥系统。我军若是全面进攻,对方毫无招架之力。"

杰特思索着这番话的含义,海德伯国也在墙的对面……

"万分遗憾,伯爵公子。"皇帝沉痛地说道,"你携喜讯而来,我们却不得不以噩耗相报。这是帝国的失职,无法推诿。然而,现实即是现实。帝国的部分领地虽然获救,全面的危机却尚未解除。你的邦国已被切断联系,短期内收复无望。"

杰特愕然。

失去联系的不仅是故乡海德伯国,还有他的第二故乡——友人们居住的渥拉修伯国。也就是说,与他过去有关的一切,都已被彻底阻断。然而,不知为何,他甚至感受不到一丝悲伤。

杰特带着困惑和战栗,接受了自己不为所动的内心。

星界的纹章Ⅲ

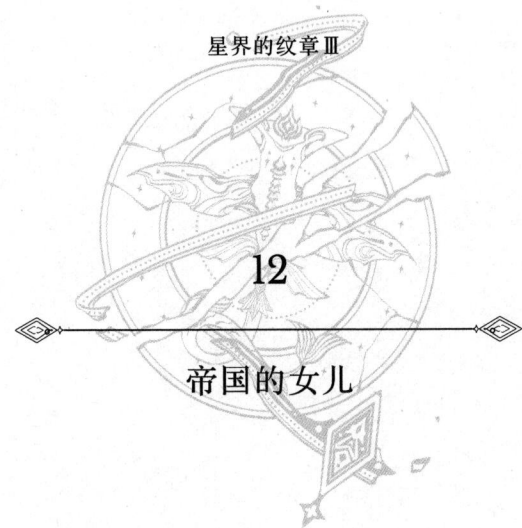

12
帝国的女儿

杰特与拉斐尔抵达拉克法卡尔当天,帝宫内召开了上皇会议。

上皇会议是从八王家中各选一位上皇组成,其职能仅有一项,即掌管皇族翔士的晋升与奖惩。

原则上,同辈中最为杰出的皇族翔士将坐上翡翠王座,上皇会议的职责等同于花漫长的时间挑选皇帝。

不用说,本次会议的主题自然是讨论克琉布王家的第一公主,是否具备成为翔士及皇帝候补的资格。

会议耗时五日,不仅是拉斐尔的报告书,从费布达修男爵领地获得的前任男爵及家臣们的证词,也被细致讨论。

在会议的最后一日——

拉斐尔被唤往"诸上皇之间"。

"诸上皇之间"为圆形,大厅中央的地面绘制着八颈龙,正面是一层高台。

拉斐尔报上名,随即出现诸位上皇的立体影像,这些都是亚布里艾尔的长老,娇嫩的肉体中囚禁着衰老的灵魂。

拉斐尔垂下头。

"我等聚集于此,是为了判断克琉布王家的拉斐尔殿下能否胜任翔士之职。尚有数个问题需要你本人作答,接下来就让我们开始对公主的询问。"前任皇帝杜加斯猊下宣布。

"抬起头来,拉斐尔殿下。"皇族最高长老、巴尔古泽德王家的杜斯姆猊下发话。

"是。"拉斐尔抬起头。

八位上皇俯视着她,其中包括两位曾经的皇帝。

站在中央的是杜加斯与杜斯姆,看来对拉斐尔的问话将由此二人为主。

杜加斯在上皇中算得上年轻,不过也已超过百岁,当然,外表青春依旧。他一副娃娃脸,似乎成熟期还未结束就已停止成长,至今仍保留着活泼少年的面容。

杜斯姆则早已超过两百岁,举手投足风度翩翩,瀑布般的波浪长发中不时现出仿佛褪色的淡紫。不知为何,据说他只依赖空识知觉,从不睁开双眼,此刻也正紧闭着眼。

拉斐尔紧张起来。

这是她第一次成为上皇会议讨论的对象,不过早就听过各种传闻。据传,这些上皇已经不再插手战争和贸易,成天无所事事,就一门心思磨炼技术给年轻的亚布里艾尔挑刺。

"翔士资质审查大抵十分无聊。"杜加斯说道,"孩子们有所误解,事无巨细地讨论翔士修技生的品行,其实没什么乐趣。我们中有人曾率十万舰队,歼灭赫赫有名的星际国家,为何要从这等琐碎的工作中寻找乐趣?"

曾于百年前指挥夏沙因战役的杜拉兹猊下被谈及伟业,略一点头。

"不过,殿下,这次却让我们颇为享受。"这是卫斯科王家的拉姆罗纽。从他嘴里说出的"殿下"称号仿佛带着轻蔑,这是年长皇族都具备的特技。

"你的行动存在种种疏漏,尤其难以原谅的是,因你的大意造成了费布达修男爵公馆的空气泄漏。"杜加斯说道。

"关于此事,有来自费布达修前任男爵的请愿,"斯奇尔王家的拉缪纽发言,"希望别怪罪她在男爵领地的作为。不过,前任男爵有所误解。上皇会议并非向你问罪,原则上只是判断你作为翔士的资质。你大手笔的破坏行动皆属于战斗的一环,责任由帝国承担。"

这在拉斐尔看来也是理所当然,所以并未发表意见。

"即便如此,空气泄漏事关重大。战斗中有种种突发情况,你或许知道,我们虽是群星的眷属,但无法离开空气生存。"杜加斯带着挖苦的语气说。

"是。"拉斐尔终于不安起来。

若被认为空有尽责之心,但无尽责之力,这将是最大的屈辱。倘若因此被判定没有胜任翔士的资质,她宁愿去死。

"话虽如此,殿下,这也是幼稚修技生最可能犯的错误,上皇会议意见一致。"杜斯姆安抚道,"与会诸位的修技生生活相对平稳,然而成为翔士后,捅出惊天娄子的也不在少数。你还记得吧,拉姆罗纽猊下?那一天你站在这里,毅然接受从提督被降至百翔长的处罚。"

"猊下,"拉姆罗纽红着脸抗议,"大可不必翻出这种陈年旧账。"

"可是，殿下，"杜斯姆继续说道，"有两点我们无法置之不理，需要听听你的想法。"

"愿意效劳。"拉斐尔坚定地凝视着亚布里艾尔的最高长老。

不知是不是因为捕捉到年轻亚布里艾尔高傲的光辉，放弃了视觉的杜斯姆嘴角闪过转瞬即逝的苦笑。

"殿下，"杜斯姆问道，"你是否于费布达修男爵领地，利用自身的皇族身份煽动对男爵的叛乱？"

"拉斐尔殿下啊，"不等她回答，杜加斯就先行谴责，"我等亚布里艾尔总是被比喻为浑身逆鳞。虽非本意，但也不得不承认，毕竟连我也不时被怒意冲昏头脑。然而，臣民们承认我等统治，甚至给予敬爱，这是为何？因为我们能够区分个人的愤怒与帝国的愤怒。当我们的愤怒不涉及帝国时，绝不会祭出帝权这根凌驾于一切的鞭子，以此鞭笞对方。若被送上翡翠王座的亚布里艾尔中，有任何一名是将皇帝权杖当作感情棍棒使用的蠢材，我们将丧失臣民的信赖。从建国帝开始，上皇会议最大的职责，便是将践踏荣誉之人剔除出帝位之路——"

"猊下，请先听我说。"拉斐尔打断了杜加斯。

"但说无妨，殿下。"杜斯姆批准她发言。

"我并未滥用身份，也从未煽动叛乱，仅因任务受到男爵阻挠，便以星界军士兵名义请求国民协助而已。"

"原来如此,听起来倒合情合理。"杜加斯抄起手,"不过,殿下,你若没有亚布里艾尔的姓氏,岂能如此顺利?"

"我认为此事与我无关。"

"什么叫与你无关?"杜加斯皱起眉。

"那是一场战斗,战斗总是伴随幸运与不幸。我身为亚布里艾尔,属于幸运之一。若是忘记外因,一味夸耀功绩,只能称之为傲慢自大,但我始终清楚成功的缘由。"

"若你只是士族出身,又会怎么做?"

"做法完全相同。"拉斐尔毫不迟疑,"为了确保执行任务,这是我至今能想出的最佳策略。"

杜斯姆露出微笑,"必须承认,就雏鸟而言,算你有本事成功突围。"

拉斐尔无从判断,这里的成功突围是指费布达修男爵领地,还是指上皇会议。

"好吧,如果诸位上皇赞同,那么此事就此了结。哪位有异议吗?"杜加斯等待与会者发言。

没人提出异议。

"那就进入下一项,殿下。"杜加斯说道,"此事才真正关系重大,涉及帝国之根本。据闻你向史法格诺夫侯国的领民承诺,将为他们提供飞船。"

"并非如此,"拉斐尔反驳,"我仅承诺,会请求皇帝陛下将船借予他们。"

"对雏鸟而言或许很难,但你太不理解皇族言语的分量。亚布里艾尔但凡透露出丝毫的可能性,人们就将笃定不疑。若是未能实现,就会被视作食言。"

"再加之当时的场合,"拉缪纽说道,"更会被当作是你为了获救故意编造的谎言。这是奇耻大辱。"

"各位猊下,此言未免太失公道!"拉斐尔不由得提高了音量。

"而且,你的愿望从一开始就无法实现。"杜拉兹沉稳地说道,"依照帝国习俗,必须拥有士族以上身份,才有资格租借船只。难道你未曾听说?"

"我不知情……"拉斐尔咬起嘴唇。

帝国有繁多复杂奇怪的习俗,她即便知道个大概,也不曾注意细枝末节。

"那你说,该如何处理此事?"杜加斯歪起头,"你不清楚这种程序也算情有可原,不过,略加思考应该就能想到。帝国与领民相互之间不存在任何义务,帝国庇护领民政府,领民政府保护领民。从某种意义上讲,领民与帝国没有任何关联。那么,帝国怎会将飞船借予领民?"

"还是太欠考虑啊,殿下。"拉姆罗纽说道。

拉斐尔不知如何是好,无论如何,她并未做出明确承诺。她心里委屈,对亚布里艾尔的长老们越来越气。不过,被教育皇族言语的分量,她也并非不能理解。就在费布达修男爵领地，家臣也曾误把她的话当作承诺。

这时，忽然响起了银铃般的笑声，这是巴尔凯王家的杜赛弗猊下，至今还没发过话。

"各位猊下，"杜赛弗说道，"正如杜加斯猊下所言，如此责备一只羽翼尚未丰满的雏鸟，恐怕太过残忍。毕竟，这位公主并未捏造卑鄙的谎言，皆是据实以告。"

意料之外的援手让拉斐尔惊讶不已。

"这并不足以作为脱罪的理由，猊下。那些领民想必会以为自己受到亚布里艾尔的欺骗，这才是问题。"杜加斯说道。

"那就把飞船借予他们即可。"杜赛弗语气轻松。

"连你也这样胡闹?! 请听好，容我重复杜拉兹猊下所言⋯⋯"

"就结果而言，那些领民救了帝国的女儿，"杜赛弗打断对方，"他们的功绩足够受封士族。先封他们为士族，再将飞船借予他们，岂不迎刃而解？"

"直接封领民为士族？从未有这样的先例。"杜拉兹提出异议。

"我记得海德伯爵甚至并非领民，相较之下⋯⋯"

"前任巴尔凯王啊，轻易破例的正是你的儿子。"杜拉兹不快地说道。

杜赛弗一脸满不在乎。

"慢着，猊下，"伊利修王家的拉茉兹猊下说道，"据报告书所写,他们希望从帝国分离独立出去,难道会乐意成为帝国士族?"

"乐不乐意不成问题,谢绝也是他们的自由。只是,若是拒绝成为士族,我们就无法出借船只。"

"他们或许会躲藏起来。"杜加斯说道。

"随他们躲。"巴尔凯王家的上皇露出了笑容。这个笑容在旁人看来有些莫名其妙,"所幸,空挺舰队正分散在史法格诺夫侯国各处,大可地毯式搜索,用枪抵着也要把人带走。就当着万人之面封他们为士族吧。若是受封自然最好,若是谢绝,就告诉他们放弃飞船,但给予相应的褒赏。"

"可是,星界军并不适合这种工作。"拉茉兹说道。

"星界军若是无从应对,派出纹章院即可。"

拉斐尔一脸苍白,这可闹大了。

顾名思义,纹章院是负责保管贵族、士族纹章,以及管理门第家谱的官衙。不过,发展到现在,纹章院还掌管对所领[1]及邦国的暗中侦察,带有类似秘密警察的职能。

"我以为我们是在围绕'感谢'展开话题。"杜拉兹不自在地扭了扭身体。

"自然是在讨论感谢,我可不愿被说忘恩负义。"杜赛弗

---

1. 所领,指无人居住的星球的领土。其中大部分是男爵领地,有少数子爵领地。

摇着法衣[1]的扇状长袖,"就在克拉斯比鲁行星的地表举办一场盛大的受封典礼吧。对了,可以邀请那些出名的独立党和过激派作为来宾。"

"为何要做这种事?"杜加斯困惑地看向杜赛弗。

"渴望独立的那些人,总有轻视帝国的倾向。他们心想总之帝国无法实施镇压,就放肆地以嘲笑我等为乐。"

"猊下的意思是,要对其进行镇压?"杜加斯厌恶地用袖口挡住嘴,"这可谈不上优雅。"

"怎么会?若连这种事都要在意,星界军和纹章院不知需要多么庞大的规模,的确也与优雅相去甚远。"杜赛弗的笑容愈发阴沉,"不过,我无法容忍侮辱。憎恶并无妨,但轻蔑绝不能饶恕。帝国并非无法镇压,仅是不想而已。换句话说,只要愿意,随时可以猎捕帝国的反对者。让领民理解这一点,也不失为一种乐趣。听闻他们最初的计划是胁迫帝国,恐怕有必要让他们稍微认清一下现实。"

"斯波尔!"拉缪纽看起来颇为愉快,"我素来怀疑,巴尔凯王家的姓氏应当是斯波尔,而非亚布里艾尔。亏你能想出如此阴险的点子。"

"各位猊下,请听我一言。"拉斐尔实在无法保持沉默了,"我对那些领民心怀感谢,甚至带有好意,他们虽与我

---

1. 法衣,上皇的正装,有扇形的袖子。

们形式不同，但也拥有自己的骄傲。还望各位猊下别加以怪罪……"

"瞧瞧，"杜赛弗敞开衣袖，"也难怪我们会遭受误解，就连自己人也会曲解我们，我族实在是德不配位啊。殿下，我始终主张应当感谢他们。"

"我怎么感觉这所谓的误解，"拉茉兹嘀咕道，"与其说是我族德不配位，不如说是某一特定王家辛勤耕耘的结果？"

她的挖苦遭到了无视。

"不过，猊下，要知道我们并无权限做出这种裁定。"杜拉兹指出。

"向拉玛珠陛下进言，征得其同意即可，花不了多少时间。各位猊下，请稍等片刻。"

杜赛弗的立体影像消失了。

其余上皇的影像也转为静止。

拉斐尔能感觉到他们在暗处相互商量，但她只能站在原地，等待结果。

不久，杜赛弗重新出现。

上皇们的影像也仿佛再次获得生命，又活动起来。

"各位猊下，"大厅里响起拉玛珠的声音，仅仅是语音，没有影像，"杜赛弗猊下已向我做出请示。我正头痛该如何对那些领民表达感谢，各位猊下的建议十分及时。立刻采用，就以皇帝之名执行。"

"就这样定了。"杜赛弗说道。

"是啊,"杜加斯不悦地点点头,"如此一来就不必担心亚布里艾尔的名誉受损。"

"我以为,上皇会议的职责并不包括为翔士修技生的失败善后。"杜拉兹皱起眉头。

"弥补雏鸟的失误,不正是老鸟的职责所在吗?"杜赛弗反驳。

"总之,我们也该得出结论了。已经讨论了整整五日,该质问拉斐尔殿下的也都已经问完了。"杜斯姆总结,"让我听听诸位猊下的意见吧。"

"我承认拉斐尔殿下的翔士资质。"拉缪纽的影像抬手放在肩头,消失了。

"我也没有异议。"拉茉兹接着消失。

"总感觉我们的习俗受到了打击,"杜拉兹摇着头,将手放到肩头,"不过,也只能如此了。"

"十分期待,我想你肯定能盖过我过去的污名。"拉姆罗纽也消失了。

"我仿佛看到了年幼时的女儿。"这是拉斐尔的曾祖母拉梅姆,考虑到自身立场,整场会议她仅是旁观,"执行新任务前,一定要玩个痛快。"

"你真的很像拉玛珠陛下,能继任我儿位置的一定是你。"杜赛弗离场。

"再见吧,雏鸟。不过,希望你下次能带来更加有趣的审查。"杜斯姆说道。

"恭喜你,亚布里艾尔列翼翔士。"杜加斯最后随手敬了个礼,就消失了。

对亚维而言,季节并非时间,而是空间。克琉布王家分别有春夏秋冬四苑,生态系统和气温都调整为对应季节。

杰特正坐在秋苑的木制长椅上,数着飞舞而下的红叶。

"原来你在这里。"

他循着声音抬起头,发现拉斐尔正站在眼前。她并非军服打扮,而是戴着华贵优美的公主头环,身着淡绿色连体衣,披着金黄色的长衫,怀里还抱着一只小猫。

"嗯,这里最能让我静下心。克琉布王殿下让我把这里当成自己家,不过,按照我对'自己家'的理解,这里有些太大了。"

虽然比不上曾经拥有百万人口的帝宫,但克琉布王宫也是一整颗人造行星,能满足整整五万人生活,实际也有约万人为了管理克琉布门或王宫长住于此。

"你在考虑你的邦国吗?"拉斐尔坐到杰特身旁。

"不,"杰特被问中要害,"我一点儿也没想起过故乡。"

"完全没有?"拉斐尔似乎很惊讶。

"嗯。听说与故乡的联系被切断时,我不知怎的没有难过,反倒松了口气,就像卸下了重担……我是不是很绝情?"

"我不明白,"拉斐尔看起来有些困惑,"你不担心父亲吗?"

"我本来以为自己是担心的,后来才发现其实并没有。不过,估计不会有什么事,父亲是在马尔提纽土生土长的居民,有经验也有人脉。既然我们能在克拉斯比鲁活下来,父亲肯定也……"

说出口的同时,杰特就发现这是谎言。马尔提纽的生态与地球起源的行星不同,对人类而言过于凶残。马尔提纽人自幼就被教育,要对定居环境心怀敬畏。既然如此,父亲唯一的活路就是躲进复合建筑体。可是,在那种有限的环境下,不可能逃过全面搜查。更重要的是,大多数马尔提纽人都对他恨之入骨。

恐怕,海德伯爵已经不在人世。

"这只猫是?"杰特转移了话题。

"它叫迪亚赫,是赫莉亚的女儿扎妮莉亚的孩子。来,迪亚赫。"拉斐尔将小猫放到长椅上,"它出生时,我正在外面进行航行实习。"

杰特记起了赫莉亚这个名字。拉斐尔年幼时,曾相信那只猫是她的母亲。

"那你就是这只猫的姨妈了。"

"笨蛋。"

杰特伸出手，迪亚赫立刻把脑袋蹭过来撒娇。

拉斐尔似乎有些为难，不知为何辩解起来："它虽是猫，却丝毫没有坚韧的态度，扎妮莉亚也与之类似。"

"很可爱啊。"杰特挠着小猫的脖子。

"明天，你就将入读主计修技馆吧？"

"是啊，明天吃完早饭后会有人来接我。据说战争爆发之后，很多人提前入学，我也被安排在里面。托福，这下也不用担心课业跟不上了。不过，接下来三年我都要在学校里度过，好郁闷。"他把迪亚赫抱上膝盖，扭头看向拉斐尔，"那你呢？"

"尚未决定搭乘的舰船。"拉斐尔摇头。

"这样啊，慢慢来吧。接下来好一阵，你都要驻扎前线了。"

"嗯。"拉斐尔颔首，"三年吗？三年后，你就将成为主计列翼翔士。"

"前提是一切顺利。"

"三年后，我应当已是十翔长，能够拥有小型战舰——或是护卫舰，或是突击舰。我个人希望是突击舰。"

"嗯，是啊。"杰特抚摸着迪亚赫的脖子，边思索她到底想说什么。

"突击舰需要一名主计列翼翔士做书记。呃……依星界军传统，舰长的意愿能一定程度干涉舰上的人事调动。虽然并非绝对,但会尊重舰长及本人共同的意愿。"拉斐尔欲言又止,凝视着杰特。

杰特当然知道拉斐尔在等什么。

"未来的亚布里艾尔十翔长,"杰特尽可能装模作样,"如果到那时有个名叫凌的主计列翼翔士,请您务必叫上他,他会成为您忠诚的书记。"

"嗯。"拉斐尔满脸放光,"你话已至此,我也不好拒绝,就勉为其难答应下来。三年后,我会成为十翔长已是板上钉钉的事,你必须努力精进,顺利成为主计列翼翔士。"

"知道了,拉斐尔,我会努力的。"

"那就晚餐席上再见吧,杰特。"拉斐尔猛地站起来,"我有很多事要忙。"

"喂,迪亚赫怎么办?"杰特抱起小猫。

"看你那么喜欢它,就让它陪你聊天吧,反正你无事可做。"

"没事做倒是不假,"杰特不再推辞,把小猫放回膝上,"跟你聊天有些无聊啊。"

迪亚赫呜呜地嗅着杰特的手指。

杰特逗着膝上的小猫,沉浸在自己的思绪里——拉斐尔,你还是这么不会撒谎。

不过,真好啊,我又能继续留在你身边了。

我会衰老,寿命也只有你的一半。不过,我想尽可能陪伴你。当你坐上翡翠王座之时，抑或是破碎于平面宇宙之刻，放心吧，我都一定会在你身旁。

哪怕你不乐意，我也要亲眼见证你的前程。

这就是我的意志，是我以自身意志选择的未来。

与生俱来的自由总共能卖个什么价，就决定了人生的价值。库·杜林或许会皱起眉头，嫌我卖得太早。但我有预感，再也不会有比这更好的时机。要知道，买家并非帝国，而是你啊，拉斐尔。

你不会理解其中的奥妙，因为从生为皇族那刻起，你就没有自由。

杰特心中浮现出马汀行星的异域密林。那片马汀人栖息的大地。然而，与群星相比，对他而言始终只是格格不入的风景。

"迪亚赫，你说，我到底是什么人？"

小猫喵呜地叫了一声。

星界的纹章Ⅲ

13

终 章

拉尔布琉布镇守府。"弗图内"侦察分舰队旗舰、"赫尔庇房修号"巡察舰司令座舰桥——

"你说什么?要夺走我的'弗图内'?!"斯波尔大叫。

"以提督位阶担任分舰队司令官,本就是破例。"镇守府司令长官乌纽修星界军元帅的立体影像耐心做着说明,"如你所知,三年前的交战消耗了大量战舰。现在,阵容终于完整了。你将率领舰队,成为特莱夫大提督麾下一翼。"

"哪支舰队?"斯波尔直接表现出怀疑。

"尚未编成。暂时将让你任职镇守府副司令长官,时间不会太长。很快,就该提醒敌方帝国星界军的存在。"

"我的舰艇定了吗?我很中意'赫尔庇房修号'。"

"可以肯定并非'赫尔庇房修号'。那是'弗图内'的旗舰,就让给后任吧。"

苍蓝色的柳眉倒竖起来。

"总之就这样定了。"乌纽修慌忙说道,"辞令将在三日后生效,望你在此之前处理好身边事务。至于新司令部的人事安排,也可以相互磋商。我先告辞。恭喜你,斯波尔提督。"

长官的立体影像忙不迭地消失了。

斯波尔狠狠瞪着消失的影像,"竟然恭喜我?!难道他以为我盼着出人头地?要知道我可是大公爵!"

克法迪斯听完对话,松了口气。

斯波尔是位难伺候的长官。他本以为经过三年也该适应了，结果证明只是他的主观臆测而已。她既任性又反复无常，最可气的是，偏偏还是位异常优秀的指挥官！

但愿下任司令官能稍微好相处些。克法迪斯做起美梦来。

"先任参谋，你在乐什么？"等回过神来，斯波尔正恶狠狠地看着他。

"啊，没有。"克法迪斯连忙绷起脸。

"哎呀，又没说不许你乐，你也收拾收拾手边的工作吧。"

"我吗？为何？"克法迪斯不明所以。

"你也听到了，新司令部的人事安排可以磋商，你就是新的参谋长。"

"请等一等，"克法迪斯惊惶失措，"我只是百翔长，根本不够等级。"

"你也是时候晋升了，我会帮你说话的。毕竟，我也出人头地了，自然要让部下们分享这份喜悦。恭喜你，克法迪斯千翔长。"

"承蒙您一片好意……"

"难道你不乐意？"斯波尔抄起手。

"怎么会？我荣幸至极，感激不尽。"克法迪斯不情不愿地道谢。

"不客气。"斯波尔对其余舰桥人员宣布，"所有人通通晋升，我带你们走。"

在司令座舰桥鼎沸的欢呼声中，唯有克法迪斯深深地叹了口气。

平面宇宙。航行于库洛哈二百二十九号门附近的"克拉斯比鲁号"轻型运输舰客舱——

"这不是我想要的宇宙飞船生活!"玛尔卡抱怨起来。

"那有什么办法?"送葬人说道。

"我都告别心爱的丈夫和孩子来到宇宙深处了,凭什么非得听帝国使唤帮他们送货?"

"而且轮不着我们上阵,"比尔灌了口酒,"实际操舵的都是亚维。除了照帝国吩咐把货物堆起来,剩下我们能做的就只有喝酒,或者望着不断增长的存款余额。"

"那有什么办法?"送葬人说道。

"不过,就当是为即将到来的克拉斯比鲁独立斗争筹措资金,这样一想就舒服多了。"敏把酒杯凑到嘴边,"而且是帝国帮我们筹的。嗯,舒爽。"

"有什么好舒爽的?"比尔反驳,"现在我们连克拉斯比鲁都回不去。在那儿我们可是大名人,听听他们是怎么跟我说的:'喂,士族大老爷,诚惶诚恐,能烦请您把这块猪肩肉切十威斯伯[1]送到隔壁镇上吗?'真能把人烦死。"

"那有什么办法?"送葬人说道。

---

1. 威斯伯,作者自创的亚维世界计量方式。威斯=10^4,伯即克。

"我倒是挺满足的,能看到各式各样的世界,也能给独立斗争做个战略参考。唉,就先耐着性子等战争结束吧。等不打仗了,这艘船想去哪儿就能去哪儿。"

"等战争结束?!"玛尔卡扬起双手,"那都猴年马月了,现在根本才刚起个头吧?"

"那有什么办法?"送葬人说道。

"可不是。"比尔看向达斯瓦尼,"喂,就不能用你的新技术把这艘船的思考结晶夺过来吗?活人就交给我们。"

大汉默默摇头。

"到底,该怎么办?"

"那有什么办法?"送葬人说道。

"送葬人,"玛尔卡瞪着他,"你就只会说'那有什么办法'这一句话?"

送葬人醉醺醺地看向玛尔卡,"我跟你们讲过有人往荆棘丛里跳的故事没?"

"讲过了,送葬人,讲过几百遍了!"

史法格诺夫侯国。克拉斯比鲁行星卢努·比加市警局内——

"选举出结果了。"部下冲进办公室。

恩特琉亚从办公桌上的显示屏前抬起头,根本不用多问,看部下的表情就能猜到结果。不过他还是忍不住问:"如何?"

"艾扎恩，败选！"部下挥起拳头，喜悦之情溢于言表，"我们终于从艾扎恩管理官长达十二年的统治下解脱了！"

恩特琉亚一笑，"他错就错在去帮占领军。"

"艾扎恩的支持者正在闹呢，说是在职警察散播对管理官不利的消息，违反了选举法。"

"我只是在接受采访时实话实说而已。要是撒了谎，那活该被骂，可我说真话有什么不对？"

"可不是？"部下痛快地笑了，"所以那帮人嚷嚷着'一开始就不该接受采访'。"

"开什么玩笑，"恩特琉亚挑起一侧眉毛，"我们是深受民众爱戴的警察，对吧？怎么能对新闻媒体保持沉默。"

"必须的。"部下使劲点点头，"那好，警部，我这就去告诉大家这个好消息。"

"他们早就知道了吧？"

"我想也是，不过还是想告诉他们。这么好的消息，肯定再听多少遍都乐意。"

部下旋风似的跑走了，恩特琉亚目送他的背影，然后重新看回屏幕。

屏幕上是一封信，来自遥远的卫斯科王国，写信人是关押在希杜鲁俘房收容所里的凯特宪兵大尉。

亚布里艾尔伯国。帝都拉克法卡尔往亚布里艾尔恒星方向三光秒处空域，惯性航行中的"赛尔奈号"反物质燃料槽检查艇气闸室——

"真是多亏了及时检查，"赛尔奈脱着加压服说道，"磁通量密度[1]下降得厉害。对了，远程监视结构的思考结晶老化了，结合现状我把记忆巢的……"

"你不用连我也骗。"阿尔萨一边帮她脱加压服，一边皱着眉头，"老毛病又犯了吧，赛尔奈？"

"露馅了。"赛尔奈吐了吐舌头。

"真是的，干吗连好端端的燃料槽也去修理？"

"要知道，只做检查和检查带修理的费用完全不一样。"

"话是不错，可是没必要耍这种花招，我们有的是工作。刚才格蕾妲发消息了，说当局正起疑呢。"

"什么？"赛尔奈皱起眉头，她有种不祥的预感。

"当局在问，为什么唯独赛尔奈商会负责检查的燃料槽，总会发现意想不到的异常，不知这是要开辟统计学的新天地呢，还是另有隐情呢？"阿尔萨换了口气，"要赌吗？我拿全部家产去赌统计学无法迎来新领域。"

"放心吧，我们背后有克琉布王家当后盾。"赛尔奈逞强。

"不能太仰仗王家的好意。毕竟，是王家为我们出资开的

---

1. 磁通量密度，指描述磁场强弱和方向的物理量，是矢量，常用符号B表示，国际通用单位为特斯拉（符号为T）。磁通量密度，又称为磁感应强度或磁通密度。

公司，难道你还有脸开口让他们帮忙暗箱操作？说不定反而会惹怒亚布里艾尔。"

"可是，赛尔奈商会还大有发展的余地。"她噘起嘴。

"如果你继续这样下去，连余地都会被扼杀。"

"好吧……"赛尔奈垂下头，"以后不敢了。"

"赛尔奈，你到底知不知道当局有多怀疑？"阿尔萨叹了口气。

"至于这么怀疑吗？"

"还更糟糕！"阿尔萨猛地凑近她，"他们根本没有丝毫怀疑，而是直接下达了最后通牒，说之前的事就睁只眼闭只眼，今后要敢再犯有我们好看！"

"那不是说，我这次白干了？！"赛尔奈摊开双手。

"没错，这次算白做，只支付正规的检查费用。"

"可是，我的确修理了。"赛尔奈很不满，"新换了磁通量密度计测器，还给思考结晶重新做了读写——虽然确实没必要。"

"我会告诉格蕾姐，从你的酬劳里扣掉这笔费用。"阿尔萨毫不留情。

"明明我才是会长！"赛尔奈嘴上逞威风，不过并没真打算拿权势压人。赛尔奈商会刚成立没多久，如果被阿尔萨或者格蕾姐抛弃，她就等着破产吧。伤脑筋的是，那两人也再清楚不过。

帝都拉克法卡尔。费布达修男爵帝都官邸会客室——

"真快啊，眨眼就是三年，你也长成男子汉了。"老人伸出手。

"是啊，前男爵阁下也别来无恙吧？"杰特握住他的手。

"总之还算硬朗。"前任费布达修男爵请杰特就座，自己也坐下来，"听说你继承了爵位。"

"是的。"杰特点点头，依言坐下了。

经"人类统合体"的广播确认，前任海德伯爵，也就是杰特的父亲，已被处刑。就这样，杰特受封伯爵。封爵的先决条件是服兵役，虽然他尚未服役，不过有克琉布王进行监护，应该不成问题。

据悉，海德星系已选出新的星系首相。此人明确表示，将成为"人类统合体"牢不可分的一员，与帝国奋战到底。新首相名叫提尔·柯林特……

"或许理应表示哀悼，不过今天还是先对你道声恭喜吧，伯爵阁下。"前任男爵说道。

"谢谢。"杰特微笑着接受了祝贺。得知父亲的死讯已经将近一年，加之他早有心理准备，现在已经整理好情绪。"不过，伯爵阁下的称呼还是免了吧，毕竟有名无实，我连领地都没有。"

"那就，少年？"

"怎么想我都不是少年了。"杰特苦笑。

"也对,你都满二十了啊,已经是独当一面的成年人。不过,到底该怎么称呼?叫青年又不太顺口。"

"叫我杰特就好。不过,说实话,我最喜欢别人叫我凌主计列翼翔士。"

"啊,对啊,还必须祝贺你就职,恭喜。"

"谢谢。"杰特再次道谢。

"要喝点儿什么吗?"前任男爵启动电子手环,"还是说,提前吃个饭?"

"啊,不了……"杰特挠头,"其实,我还要赶时间。"

"嚯,那可真是……要感谢你百忙之中专程来访啊。"

"我是说真的。"杰特注意到前任男爵脸上浮现出的寂寞,赶紧解释起来,"是这样,我刚结束实习航行拿到休假,可是还有各种事……"

前任男爵笑了,"我又没说你在撒谎,少年——嗯,还是这名字叫起来最顺口啊。我是真的高兴你还能想起我这个老头子,哪怕是排在最后。"

"怎么会是最后,我一直都想来这里拜访。"

"谢了。我在拉克法卡尔的确有很多老朋友,不过看到他们都还跟从前一样年轻,我心里就太别扭了。"

"确实无法反驳。"

前任男爵布满皱纹的脸上露出好笑的表情,"你还记得吗?

我三年前也说过类似的话。"

"说过吗?"老实说,他毫无印象。

"哎呀呀,怎么记性比我这种老年人还差。那你还记得我说要教给你亚维的心得吗?"

"这是自然,我一直等着洗耳恭听,只是今天……"

"放心吧,你是前途无量的年轻人,我不会随意剥夺你的时间。年轻人这种生物,大抵都会嫌老年人的话太闷。"

"怎么会闷……"

"我还说过'一眼就能看穿的恭维反而伤人'。以你当时的年纪也该懂了,现在还又过了三年。"

"是的,我记得。"杰特红了脸,"可是,我说不闷是真心话。"

"这就奇怪了。不过,我不会硬留你。行,既然你赶时间,那就先走吧。"

"也不至于这么着急。"

前任男爵摆起手,"别嘴硬了,少年。我期待能亲耳听到凌主计列翼翔士大显身手的事迹。对了,这可不能忘了问,你去哪里任职?"

"我将赴任'巴斯罗伊尔号'突击舰的书记。"

"哦,没听过的舰名啊。当然,既然是突击舰,也可以理解。"

"而且是新造的。不过,肯定立刻就会声名远扬。"

"因为你在上面?"

"这也是原因之一。"杰特点头,"而且,舰长碰巧姓亚布里艾尔。"

"嚯!"前任男爵看起来很激动,"唉,少年,看来你真是在百忙中抽空啊,多谢。去吧,赶紧奔赴帕琉纽子爵身边。"

"是啊,"杰特不舍地站起身,"抱歉这次太过匆忙。"

"别在意。作为补偿,等你有空了记得再来听我说闷话。"

"好,我会再来。也请前男爵阁下保重身体。"杰特站起来,敬了个礼。

"那就说定了,少年。"前任男爵的脸上露出了恶作剧般的坏笑。

帝都拉克法卡尔。停泊中的"巴斯罗伊尔号"突击舰舰桥——

一切都是新的。这也是自然,"巴斯罗伊尔号"是雷斯珀造舰厂刚出厂的新船,甚至还没开始磨合试航。

拉斐尔抚摸着崭新的机器,将肺里装满新造舰特有的刺鼻甜香。仰望以沙泥蜂[1]为形象的"巴斯罗伊尔号"纹章旗,自豪与喜悦盈满胸膛。

这艘船,是她获得的第一艘战舰。

---

1. 沙泥蜂,一种蜜蜂,亚维语发音为"罗伊尔"。

在这三年里，星界军并未发起过像样的军事行动，他们没有这样的余力。而敌军看来也面对同样的困境，双方只有零星的小冲突。

不过，令人意外的是"哈尼亚联邦"的动向。

拉斐尔带回了"哥斯罗斯号"巡察舰的航行日志，证明是"人类统合体"先行发动攻击。帝国将证据公之于众后，"哈尼亚联邦"对"人类统合体"捏造理由开战表示谴责，并宣布保持中立。"哈尼亚联邦"只是"四国联盟"的加入国之一，并未参与强攻帝国，帝国也没理由搭理他们。

多数意见认为，"哈尼亚联邦"并非真的注重正义。假如拉克法卡尔陷落，他们肯定立刻就会跳出来，以"四国联盟"忠实成员的身份来瓜分帝国的领地。简言之，他们只是在观望。

"四国联盟"的其余三国纷纷指责联邦的不诚实，多数亚维也表示不满，因为他们都盼着能参加人类最后的战争。

拉斐尔也是其中之一。

但是，现在应该先收拾眼前的敌人。

目前，战况依然胶着。被两堵墙阻断后，伊利修王国有三分之二的领地已被敌军占领，至今未能收复。

不过，这种烦人的状况应该不会再持续下去。

帝国已经显露出全面推进战争的意向，接连出现数倍于战前的大舰队，是有史以来的最大规模。

雷斯珀造舰厂每十分钟就有一艘"罗伊尔"级突击舰问世,其他的各大造舰厂也在制造各级别各种类的舰艇。贝图尔造舰厂最先进的"卡乌"级巡察舰已经陆续竣工,代替了"罗斯"级巡察舰。渥比诺特造舰厂主攻"索夫"级战列舰,苏尔造舰厂制造的是"加姆夫"级突击舰及"赫朱"级护卫舰,戈克罗修造舰厂则是……

预备役翔士几乎都被再次召集起来,各修技馆则为了进行二次训练忙得不可开交。新的申请人数创下历史最高纪录,各个地上世界的从士采用编制也大幅扩员。

人员登上军舰,舰队渴望获得生命。

很快,全面战争将拉开序幕,拉斐尔与这艘战舰也将奔赴战场。

拉斐尔深呼一口气,想平复内心的激动。

舰桥上没别人,从士们正拼命做着出港前的准备,翔士们也忙着监督工作。

除去拉斐尔本人,翔士的定员共四人,包括两名飞翔科翔士、一名军匠科翔士的监督[1],以及一名主计科翔士的书记。

"舰长。"书记进入舰桥报告道,"食品及必需品装载完毕。"

---

1. 监督,星界军中,维修检查军舰主引擎等机械设备的总管。

拉斐尔看着对方一板一眼地敬礼,不禁苦笑。看来,他还惦记着凌主计列翼翔士的称呼。

"此处除了我们没别人,杰特。"

杰特绽放出笑脸,"嗯,是啊,我很想你。"

"听好,告诉你一个重大机密——我也很想你。"

"我会保密的。"杰特眯起眼,"说真的,你一点儿都没变,还跟三年前一样。"

"仅仅三年怎能有什么变化?你倒是稍老了些。"

"请说我更成熟了。"

"哼。"

"居然嗤之以鼻啊,舰长。"

"都说了此处没别人。"拉斐尔责备道。

"可是,当着其他人的面又不能表现得太亲近。"

"嗯,会影响士气。"

"总会有不小心的时候,还是平时就习惯叫你舰长或者亚布里艾尔十翔长比较好吧?"

"这是你的意愿?"不安与愤怒交织在一起涌上拉斐尔的心头。

"你认为会是我的意愿吗?"杰特只是眼中带笑。

"那么……"拉斐尔挺起胸膛,深蓝长发轻轻扬起,接续缨末梢的机能水晶随之摇曳,仿佛奇异的耳饰,"就叫我拉斐尔吧!"

附录:亚维语形成概略

亚维语的祖语带有大量人工语言的色彩。

话虽如此,它的前身其实是教条性的民族主义者重构的古代语,再从中排除大量词汇,比如近代流入的源自欧洲各种语言的词汇,以及与文字同时传入的源自汉语的词汇。

这种偏激的重构方式,自然伴随种种难题。不过,他们丝毫没有放弃文明的打算。哪怕语言再幼稚,也想方设法凭借祖先们在金属文明黎明期使用的词汇,来表达那些使宇宙航行成为现实的科学技术的产物。

以色列建国时,犹太人复活了古希伯来语。而古代语的重构不得不付出更大的努力。

他们以异想天开的方式,对那些被遗忘的单词进行语意的扩充,从拟态词创造出新词,并通过其他种种手段,让古代语重生为对应科学技术的语言。

然而,由于这样的尝试并不合理,缺陷也很明显。原本这种语言的音节数量相当多，后来通过借用汉语词汇，从而缩短了音节。然而对汉字的借用遭到废止，导致音节问题更趋恶化。

第一代亚维得到的就是这样的语言。

考虑到这样的背景，就不难理解为何亚维语的词汇会在短时间内大幅缩减。

同时还有另一个不得不提的原因，事实上，早期的亚维并没有文字。

亚维的制造者们绝不希望亚维发展出独特的文明，只希望他们重复交代的工作，在紧急情况下能做出简单判断，仅此而已。

在制造者看来，文字不仅不重要，甚至有害。因此，第一代亚维所受的教育并不包含文字，只以影像和声音的方式接收信息。文字作为传达信息的手段，历史悠久且具有种种优势，亚维却根本无权使用。

众所周知，没有文字的语言总是伴随剧烈变化，亚维语也不例外。

另外，亚维人数极少，又生活于闭塞环境，这也是原因之一。一旦有任何人对语言做出改变，这种变化都会立刻在整个团体内传播并固定下来。

因此，音韵规则也在极短时间内发生了翻天覆地的巨变。

据极其有限的现存资料推测,首先应该是发生了元音的脱落。单纯的元音脱落会导致大量的同音异义词产生。而在亚维有意识地回避下,又发生了剩余元音继承脱落音节的现象。其结果就是元音种类的增加。

元音脱落与单词缩短之间的关系尚不明了。不过,辅音也发生了发音部位转移、鼻音变为非鼻音的现象。可以推测,这一过程引发了词干尾音与格助词[1]的融合。

据说亚维语只经历两三代人就完成了演变。考虑到这一系列变化的剧烈程度,可以说历时极短。

随后,亚维宣布独立,抛弃了母城强加的限制,开始设计自己的文字。

制定文字后,亚维语的演化就变得极为缓慢。

而后,伴随帝国的创建,亚维语被确定为标准语。至此,就不再有值得一提的变化。因为,他们有意识地付诸了一定的努力,来保存"正确的亚维语",这样才能保证与那些远居星际飞船或轨道都市的同胞顺利交流。

最终的结果是,比祖语更加复杂化的语法被完整保留下来,其中最明显的例子就是名词所有格的变化。

后附亚维语名词所有格变化表。

1.格助词,日语助词的一种,附加在其他词语之后,不能单独使用。

亚维语名词所有格格变化

	第 1 型	第 2 型	第 3 型	第 4 型
主格（～が/～是）	abh [a v]	lamh [la f]	duc [du]	saidiac [sɛdja]
宾格（～を/～做）	abe [a b]	lame [la m]	dul [du l]	saidél [sɛde l]
属格（～の/～的）	bar [bar]	lamr [lam]	dur [dur]	saidér [sɛde r]
与格（～に/～给）	bari [ba ri]	lami [la mi]	duri [du ri]	saidéri [sɛderi]
向格（～へ/～向）	baré [ba re]	lamé [la me]	dugh [du ʒ]	saidégh [sɛdeʒ]
离格（～から/～目）	abhar [a var]	lamhar [la far]	dusar [du sər]	saidisar [sɛdisar]
工具格（～で/～用）	bale [ba l]	lamle [laml]	dule [dul]	saidélé [sɛdele]

注：亚维语使用名叫"亚斯"的独特文字，此处以拉丁字母代替。

后记

就这样,无名新人的出道长篇一口气就写出了三部曲。《星界的纹章》就此完结,不知各位读者是否满意?

最开始构思本书时,我本来是想写星际战争的。

可是,照搬地球上曾经有过的,或者说现在也还在的那些国家,只是扩大成银河规模相互打来打去,也没什么看头。

既然要写,我想构思出一个必须以人类进出各种行星为前提的星际帝国,并使其成为一方主要势力。然后,还需要一个把地球政治体系搬进银河系的国家来与之对立。

于是,我设计了一个超乎地上世界认知的国家,也就是"亚维人类帝国",作为统治帝国不可或缺的要素,又创造出亚维这样的种族。

我敢担保,这是个相当有特色的帝国。

为了带大家认识这个帝国,我安排了杰特这名少年。

他的知识和无知都恰到好处，最适合当导游。毫无疑问，他就是《星界的纹章》的主人公。

为什么要专门说这句话呢？因为还有导游的导游拉斐尔。这名少女给人的印象有些太过强烈，杰特反而没什么存在感（笑）。这件事要是不说清楚，感觉有些对不起他。

不过，这也是没办法。我并没有多少"创造出"拉斐尔的感觉，其他角色或多或少也是这样。甚至有计划外的角色跑上舞台，结果又擅自报废了。

从介绍帝国这一点来说，《星界的纹章》做得还不够，尤其是几乎没有写到亚维作为贸易商的那一面。

还有，剧情发展到这里，接下来就要进入战争啦，（写给已经看完前两卷的读者，以我这种进度，你们肯定不会认为总共才三本就能结束整场战争吧？）这时我的想法却是"可以就这么结束了"。

实际写完之后，我的确感到"啊，这个故事在这里就已经写完了"。

群星眷属的未来，现阶段连我这个作者也不知道。唯一能够明确的是，如果亚维战败，那这个种族将不复存在。一来，被地上世界束缚的亚维就不再是真正的亚维。更重要的是，亚维的遗传基因并不稳定，如果基因调整被禁，用不着几代，就将迎来种族层面上的灭亡。

我当然想好好见证亚维到底是灭亡，还是带给银河系假寐般的和平。同时，说句十分害臊的真心话：我也想就此留给他们无限的未来。

像这样写，不知道的还以为《星界的纹章》诞生于多么宏大的构想（笑）。

现实如何呢？我在第一卷的后记里已经说得很清楚，都是边写边加设定。

我写这套书时，正值传言中的"科幻的寒冬"（貌似现在科幻也还挺冷的）。我心想，"正是这种世道，才需要能轻松阅读的科幻"，于是没怎么琢磨就开写了。

为了方便出版，我定的目标是四百页，结果才写了三天就发现不可能装得下。自作孽啊。

我心想，"那就争取六百页内吧……"结果没几天又不得不改变想法，"八百页的话可以出一本厚点儿的文库本"。

等我写到五百五十页左右，才终于想开了。因为我意识到，考虑到故事的平衡，这时才刚好进行到一半。实际上，我又写了差不多七百页才把整个故事讲完。

设定和术语也有相当大一部分是后来改的。

比方说，一开始拉斐尔并不是"星界军翔士修技生"，而是"宇宙军军官候补生"。蕾克修舰长的军衔也是"大佐"。等我写了一阵回头重读，这些地方始终看不顺眼，这时才有了"星界军"和"翔士"等独特的术语。

相对来说费了心思构思的，是平面宇宙航行法和亚维语。

怎么说呢，我也勉强算是个科幻写手，不想千篇一律用"曲速引擎"来实现超光速，于是绞尽脑汁想出了"平面宇宙航行法"。

铺天盖地的亚维语注音有好几个理由，如果只说一条，是因为我想营造出异世界的氛围。

按设定，杰特生活在距离我们三百年后的未来，大可直接把舞台设定在未来。可是拉斐尔起码都是两千年后的人类了——如果你不明白为什么会发生这种分歧，可以去查一查"洛伦兹收缩[1]"。别来问作者，会露出马脚的（笑）——我不想通篇都是外来语。

最大的问题是，等离子体和能量这些词没法表达。我记得等离子体有"电离质"这个汉字译法，可是没在广辞苑[2]上查到。如果我用"电离质"配上亚维语的注音，读者就看不懂这个词在说什么。这些已经有现成译法的词，要

---

1. 洛伦兹收缩，又称长度收缩。是指观察者在观察与其相对速度非零的物体时看到的长度变小的现象。这种现象通常只在相对速度接近光速时才会比较明显，而且只有在与物体运动平行的方向上才能观察到长度收缩。
2. 广辞苑，日本最有名的日文辞典之一，由岩波书店发行。

是换成不常见的汉字写法，再配上架空语言的注音，阅读起来会很困难，因此，我只好放弃个人喜好。

亚维语的来历已经在第二卷有了解答（应该解答清楚了吧？），这次还专门写了附录，好照顾那些"这怎么才能变成亚维语呢，不懂ˉ"的读者。如果有读者一次性买了三本，而且才刚开始看，那最好别翻这本的附录，会被剧透的（我时常看到这种警告，不知怎么的，从来也没成功保护到我）。

好了，既然是最后一卷，容我致个谢。

感谢野田昌宏[1]先生的推荐文，我真是受之有愧。

我只有幸当面问候过野田昌宏先生一次，不过正是通过先生发表在《SF英雄群像》等科幻漫画杂志上的文章，我才领略到太空歌剧的魅力。

还记得读小学时，大热天的，我躲在镀锌板屋顶的小仓库里，从过期的科幻杂志里翻出《SF英雄群像》看得入迷，那是我至今难忘的回忆。

还要感谢百忙之中为封面绘制华丽插画的赤井孝美[2]先

---

1. 野田昌宏（1933—2008），日本著名科幻作家、翻译家、制作人，生前曾为日版《星界的纹章》三部曲撰写腰封。
2. 赤井孝美，日本插画家、企划制作人，曾为日版《星界的纹章》三部曲绘制封面。

生，我敢肯定，本书的绝大部分读者都是被先生的封面吸引而来的。(你也是这么想的吧?)

还不能忘了被注音问题所折磨的各位。

我自认一开始做注音还是有一套准则的，结果中途就开始乱来，没必要注音的也不放过，到最后用铺天盖地都无法形容。

整理失控的注音很大程度要归功于编辑N先生，当然不仅仅是注音，整套书都花费了N先生诸多心血。

而且不难推测，对校对和制作来说，本书的各个环节都是噩梦，感谢你们。我认为注音还是越少越好，今后还望多多合作。

当然还有一直看到最后的读者，由衷地感谢你。如果能告诉我读后感，感谢还会加倍。

创作《星界的纹章》真的令我十分愉快，如果能将这份快乐传达哪怕十分之一，相信读者们也会喜欢上这部作品。

好了，期待有朝一日能再相会。

1996年5月10日

译后记

老实说,受邀翻译这套书时,我颇为惊讶。

二十世纪末,堪称日本科幻的第二个黄金时代。由于电视动画《宇宙战舰大和号》和"高达"系列的巨大成功,原本以小说和漫画为主的日式科幻增加了影视这一载体,以直观的表现形式大幅拓宽受众,掀起一股尤其以太空歌剧和机甲对战为代表的科幻热潮,涌现出无数名作,其中不乏延续至今的长寿系列。大量原创和改编动画带来的人气,吸引了更多新生力量投入科幻创作,被动画抢去风头的科幻小说也开始摸索新的出路。科幻动画正值盛夏,科幻小说却因为"硬核""难啃"的印象蹲在墙角,陷入了"科幻的寒冬"。正是在这样的大背景下,森冈浩之抱着创作一部"能够轻松阅读的科幻"的念头,开始执笔《星界的纹章》,并在辗转几年后,于1996年正式出版。这部令众多读者欢呼雀跃的宇宙冒险轻喜剧不仅为森冈浩之摘下次年"星云赏"最佳长篇小说的桂冠,更因其"轻小说"

模式与科幻元素的巧妙搭配，将日式科幻小说引上二次发展的康庄大道。随着小说的成功以及随后的动画化，"星界"系列一时风光无限——即便没接触过原作，蓝头发尖耳朵的少女形象也成为众多80后的时代烙印，而我也是其中之一。

不过，正如作者在后记中所言，"纹章三部曲"已经是个完整的故事，在新起点画上句号是最好的结局。这也导致进入新世纪后，续写的"星界"系列不再大放异彩，而是逐渐式微，最终被飞速迭代的海量新IP所淹没。在得知引进计划前，我早就忘了这部"上古遗物"。这套将近三十年前的旧作，还能适应当下国内读者的口味吗？我抱着疑虑翻开原作——不用说，我立刻就被这个妙趣横生的故事深深吸引，迫不及待地着手翻译。

翻译科幻作品永远不是易事，"星界"系列的确轻松好读，但同样具备宏大严谨的科幻设定，而且作者还刻意回避现成概念，自行开发了一套全新的"平行宇宙"航行理论。诚然，正是这样别具一格的设定使得本作成为科幻史上的一颗璀璨明星。不过，对译者而言，也意味着没有前人的译法可供借鉴，必须彻底理解作者的种种设定，再以贴切的汉语如实传达。

最让人抓破头皮的，自然是"门"的运作原理，也是本作的核心设定，需要花费数倍时间反复推敲原意，再检查译文确保逻辑通顺。

另一个难点是亚维语,这是作者自行开发的一套语言,演变过程在第三卷的附录中有所概述。由于亚维语成因独特,含有大量少见的连音形式,尤其是人名,所以音译时会用到日系作品不常见的一些汉字,最明显的就是"琉"字。我翻译亚维语名词的最大准则是,力求同一个发音对应相同的汉字,或者在保证同音字的基础上,对不同性别稍做区别,让名词表上的两百多个条目看起来更成体系。

看过第三卷后记的读者,或许会对"注音"部分一头雾水。其实原文对大量汉字词组做了亚维语注音,不过理解这部分内容需要一定日语水平,加上插入大量音节会严重影响中文阅读,译本在斟酌后省去了注音部分,建议有能力有兴趣的读者可以阅读原作,从更立体的角度深入了解"星界"的世界。

另外,要感谢作者"多用汉字少用片假名"的执着,不少自创词可以直接沿用汉字写法,例如"接续缨""航法野"等,难以想象将它们译成其他语言需要揪掉多少头发,这也是日译中能占到的"小便宜"。

还有一些费了心思的小地方,例如亚维的对话偏书面语,夹杂着冷幽默;地上人则是彻底的口语化,不拘小节闹闹嚷嚷。又例如作者对破折号情有独钟,但考虑到中文习惯还是做了一些调整。责编更是在整个翻译过程中提供了诸多宝贵意见，尤其是涉及科学理论和专有名词的部分，经过细致、反复的讨论，最大程度保证了译文的准确性。

国内幻迷对"星界"系列的认识大多源自动画，不过旧版动画由于篇幅有限，大幅删减了逗趣的段落和杰特丰富的内心戏，不得不说丧失了部分乐趣。现在原作小说正式引进，在各方的精心制作下，还原出一个原汁原味的"星界"世界，让我们得以感受这部作品真正的魅力。

历时半年的翻译工作说长又短，既有过趴在键盘上抱头苦思，也有过冲着屏幕捧腹大笑。最后皆大欢喜的结局——反帝国战线的斗士们或许会对此颇有微词——为少男少女的冒险画上了圆满的"逗号"，留下无限可能性。衷心期望这部趣味至上的作品，能为读者们带来一段愉快的阅读时光。

果露怡

2022年4月6日